赤川ミカミ
Mikami Akagaw
illust: KaeruNoAs
魔術ギルドを
解雇されたけど、
新魔法の権利
独占しているから
無敵です
KiNG novels

若きお嬢様ギルド長
ラフィー・レムネソ
元メイドの事務員
アリアド

慕ってくれる後輩
シューラ

アリアドが腰を動かしていく。

蠕動する膣襞が肉棒をしごきあげ、
俺の快楽を膨らませていった。

「ほら、ガニアン、ちゅっ♥」

「先輩、こっちも、ぎゅー♥」

# 魔術ギルドを解雇されたけど、新魔法の権利独占しているから無敵です

赤川ミカミ
illust：KaeruNoAshi

KiNG novels

# 魔術ギルドを解雇されたけど、新魔法の権利を独占しているから無敵です

contents

# プロローグ　魔術ギルドを解雇されたけどハーレム生活



広い部屋の、大きなベッドの上。

研究者であり、魔術師でもあるガニアンは、三人の女性に囲まれていた。

いずれも、街を歩けば必ず注目を集めるような美女だ。

かつてのガニアンは、「ソジエンライツ」という、大手の魔術ギルドにいた。

そこで魔石魔道具というアイテムを生み出したのが、発明家のガニアンだ。

魔石魔道具は人々の生活に浸透していき、ガニアンは一部の関係者たちから、しばらくはもてはやされていた。

しかし、そんな栄光も過去のもの。

魔術ギルドの経営陣が変わってしまい、すぐに利益を生み出すわけではない技術開発の予算は削られていった。そしてすぐに、既存の売れ筋商品にばかり力を入れるようになってしまったのだ。

開発を担うガニアンも当然、ギルド内では冷遇されるようになってしまった。

予算はますます減らされ、ろくに実験もできないまま、結果だけを求められる日々。

そんな状態ではもちろん良い報告はできず、予算はさらに削られる……そんな悪循環の果てに、ガニアンはついに、ギルドをクビになったのだった。

しかし、そこからは事態が変わった。

ガニアンの発明した魔石魔道具に助けられた貴族のお嬢様、ラフィーとの出会いである。

彼女が自分のギルドを立ち上げることになり、そこに恩人ともいえるガニアンを呼んだのだ。

充分な予算をもらい、望んだ研究ができるようになったガニアンはすぐに本領を発揮する。

新技術として、魔道具の核となる魔石の生成までを、ギルド内で行えるようにしたのだ。

そうの成功によって、ラフィーのギルドは大きく成長した。

大手ギルドにいたときよりも、ずっと恵まれた暮らしになったのだった。

そして何より大きく変わったのは、ラフィーを始めとした美女たちに迫られ、一緒に過ごすようになったことだろう。

この日も彼のベッドには、こうして三人の美女が訪れているのだから。

「さ、ガニアンさん、こちらへどうぞ」

そう言ってベッドに誘うのは、アリアド。

金色の髪を長く伸した、優しげな美女だ。

彼女は元々ラフィーのメイドであり、今ではギルドの事務仕事や、ガニアンの生活の面倒までをみてくれている。そのうえこうして、夜のお世話もしてくれるのだ。

女性らしい柔らかな体つきの彼女だが、中でも目を引くのはその爆乳だ。

普段から胸の大きい女性に囲まれているガニアンだが、そんな彼から見ても、アリアドのおっぱいはまた一段と大きい。たゆんっとボリューム感たっぷりの胸は、服の上からでも男の視線を集めてしまう。そんな彼女が服を脱いでいくと、たぷんっと揺れながら現れたその爆乳おっぱいに、目を奪われてしまうのだった。

「ガニアンさんも、脱いでくださいね」

そう言いながら、服に手をかけてくるアリアド。

ガニアンはそのまま、メイドである彼女に身を任せるのだった。

「先輩、今日もいっぱい、気持ちいいことしましょうね♪」

そう言って近づいてきた女性は、シューラだ。

おとなしそうなタイプの美女で、セミロングの黒髪を揺らしている。

彼女は魔術ギルドでの後輩だったが、個人的にも慕っていたガニアンを追って、こちらのギルドに移籍してきたのだった。

「ちゅっ♥」

そんな彼女が、おもむろにキスをしてくる。

「んっ……♥」

後輩の柔らかな唇を感じながらキスを返していると、その手がさわさわと身体をなでてくる。

「せんぱい……♥」

普段はおとなしい彼女だが、こういうときは積極的だ。

そんなところもまた、ガニアンの欲望をくすぐってくる。

「ガニアンのここ、もう反応してきてるわね♪」

楽しそうに言いながら、股間へと手を伸ばしてきたのが、貴族令嬢のラフィーだ。

赤い髪をツインテールにした、元気な女の子……という印象を与える。

背も低く、少し幼く見える顔立ちなのだが、ぽよんっと揺れる大きなおっぱいは、彼女が子供ではないと激しく主張していた。

ガニアンを拾ってくれラフィーは、魔石魔道具に助けられた経験があるという。そのせいもあってか、雇われた側でもあるのに、ずいぶんとガニアンを慕ってくれている。

そして嬉しいことに、彼女もまた、えっちなことに積極的なのだった。

破格の美女三人に囲まれながら脱がされ、裸になったガニアンは、同じく全裸になった彼女たちにあちこちから触れられていく。

「ん……今日も元気なおちんぽ♥　いっぱい気持ち良くしてあげるわね♪」

ラフィーは肉竿をつかむと、優しくしごいてくる。

彼女の小さな手で刺激されていると、すぐに血液が集まってきた。

「あんっ♥　あたしの手の中で、おちんちんがぐんぐん大きくなってきちゃってる♪　ほら、先っぽも膨らんで……なでなで」

「うぉ……」

亀頭をなで回される気持ち良さに、ガニアンの口から思わず声が漏れた。

「ガニアンさん、こっちはどうですか？」

そう言って、アリアドが丁寧に乳首をいじってくる。

ガニアンのそこは彼女たちとは違い、性感帯というわけではないけれど、美しい元メイドさんの指が身体をいじり回しているというシチュエーションは、悪くないものだった。

「くりくりってするの、どうです」

「悪くはないけど……そこはいじられるより、いじるほうが好きだな」

「あんっ♥」

そう言って、アリアドのたわわなおっぱいの先っぽにある、小さなつぼみを指先でいじっていった。

「アリアドは、こうしてくりくりされるのが、気持ちいいんだな?」

彼女がするのを真似て、ガニアンは乳首をいじっていく。

「あっ♥　はいっ……んっ♥　乳首、そんなふうにいじられると、んっ……私、感じちゃいます……あんっ♥」

その可愛らしい反応に、ガニアンの興奮は増していく。

「おちんぽも、ぴくんて跳ねたわよ♪　おっぱい触って感じてるのね♪」

肉竿をいじっていたラフィーが楽しそうに言うと、しごく手を速めてきた。

「うぁ……ちょっ！」

その直接的な刺激は、ガニアンの欲望を膨らませていく。

「それじゃわたしは……先輩のタマタマをマッサージしますね……♥」

そう言って、シューラの手がそそり勃つ剛直の下、陰嚢へと伸びてきた。

彼女の手が、持ち上げるようにして玉袋を優しく刺激する。

「あぁ……ずっしりと重いタマタマ……先輩の精子、いっぱい詰まってますね……♥　たぷたぷ、たぷたぷ♥」

そう言いながら陰嚢をいじってくるシューラ。こそばゆいような刺激がじわじわと広がっていく。

「今夜もたくさん、頑張ってくださいね……もみもみ♥」

優しくマッサージされていると、本当に子種袋が活性化して、ぐんぐんと精子を作っているような気がする。

「しーこ、しーこ♪　硬いおちんちん♥　こうやってしこしこしてると、どんどんえっちな気分になってきちゃう」

うっとりと男性器を見つめながら言うラフィーの表情は、とても色っぽい。

「このままぴゅっぴゅするのもいいけど……ガニアンも、せっかくならもっと気持ち良くなりたいわよね？」

そう言って、肉棒をしごきながら上目遣いに反応を見てくる。

「男の人の立派でガチガチなおちんぽは、女の子のおまんこに入れて、精液ぴゅっぴゅするためのものだもんね♪」

そう言いながら、アリアドへと目を向ける。

「ほら、アリアド。おっぱいいじられて感じちゃってるんだし、もう準備できてるでしょ？」

主人であるラフィーに言われて、アリアドが顔を赤くしながらうなずいた。

「はい、んっ、ガニアンさんの指で乳首くりくりされて……。私のアソコ、もうすっかり、疼いちゃってます……♥　んんっ……♥」

「えっちで気持ち良さそうな顔……♥　もう、それじゃ、まずはアリアドのおまんこで、ガニアンのおちんぽを気持ち良くしてあげましょう」

「はい……♥」

ラフィーに言われて、とろけた顔のアリアドが一度、腰を上げる。

「それでは……失礼しますね」

そしてベッドに座っていたガニアンに、背を向けて跨がる。

ガニアンの目の前には、彼女の白くぷりんっとしたお尻がくるのだった。

「ん、はぁ……」

ラフィーは肉棒をつかんだまま、それを彼女の膣口へと誘導していった。

脚を広げながら、ゆっくりと腰をおろしてくる。

「あぁっ♥　ん、はぁっ……」

もう愛液をこぼしている膣口に、肉棒が触れる。

そしてくちゅり、と嫌らしい音を立てた。

「あふっ……ガニアンさんの、硬いおちんぽ♥　私のアソコに触れて、んっ、ちょっとずつ……入って、ああっ……！」

アリアドはそのまま腰を下ろし、肉棒を受け入れていった。

熱く濡れた膣道が、肉竿を包み込んで導いていく。

「あぁ……♥　ん、はあっ……」

そのまま腰をおろしきり、背面座位の形でつながった。

そんな様子を、ラフィーとシューラが見守っている。

「あぁっ……ん、はぁっ……それでは、動きますね……。私のおまんこで、んっ、いっぱい、おちんぽ気持ち良くなってください……♥」

ご奉仕宣言し、ゆっくりと腰を動かし始めるアリアド。

「あっ、ん、はぁっ……」

膣襞が肉棒をしごきあげ、快楽を送り込んでくる。

「ん、ふぅっ……あぁっ♥」

ガニアンはそんな彼女の、きれいな背中のラインを目でも楽しんでいた。

「あっ、ん、はぁっ……！」

アリアドが腰を動かしていく。

蠕動する膣襞が肉棒をしごきあげてきて、どんどん快楽を膨らませていった。

「ほら、ガニアン、ちゅっ♥」

「先輩、こっちも、ぎゅー♥」

その最中にも、左右からラフィーとシューラが抱きつき、大きな胸が押しつけられた。

美女三人に囲まれ、幸福な快楽に包み込まれる。

そんなハーレムを、存分に楽んでいく。

「あっ♥　んはぁっ……ガニアンさんの、おちんぽ♥　私の中で、ちょっと大きくなりました……ん、はぁっ♥」

「両側から抱きつかれて、興奮してくれてるのね。ん、ちゅっ♥」

「先輩、わたしたちの身体を、いっぱい感じてくださいね♥　むぎゅー」

ラフィーとシューラが抱きつき、全身を美女の肉体に包み込まれる。

その豪華なシチュエーションに、オスの本能がさらに活性化していくようだった。

「ん、はぁっ♥　あぁっ……ガニアンさん、私、ん、ふぅっ……」

腰を振るアリアドも、どんどんと色っぽい声をあげていく。

「あっ♥　ん、はぁっ……ふぅっ、んぁ……」

うねる膣襞が肉棒に吸いつき、その度にしごきあげていった。

「あふっ、ん、あぁっ……♥」

自らも高まっていくアリアドと、その熱い膣内。

「あふっ、あっ♥　ん、はぁっ……」

そんな彼女につながっていると、ガニアンも欲望がこみ上げてくる。

「あぁっ、私、そろそろっ……ん、いっちゃいそうですっ♥　あぁっ！」

嬌声を上げながら、腰を振っていくアリアド。

「あぁっ♥　ガニアンさんのおちんぽに、んぁ、おまんこいっぱい掻き回されて、ん、はぁっ♥　あっあっ♥　んくぅっ！」

乱れるアリアドの胸に、背中側から手を伸ばしていった。

むにゅり……と、弾力ある両胸を揉んでいく。

「んはぁっ♥　あっ、今、おっぱいまで触られたら、私、んぁ、ああっ！」

快感に身もだえるアリアド。そのたわわな胸の頂点でつんと尖っていた乳首を、ガニアンはきゅっとつまみ、くりくりといじっていく。

「んはぁっ♥　あっ、だめぇっ♥　それ、気持ちよすぎて、んぁ、ああっ、イクッ！　私、イっちゃいますっ♥」

「ああ、いいぞ、イけ！」

ガニアンも敏感乳首をいじりながら、腰を突き上げる。

「んああぁぁっ♥　あっ、ああっ、おまんこ……おくまで突かれながら、乳首いじられてイクゥッ！ん、ああぁぁぁぁ♥」

びくんと身体をのけぞらせながら、アリアドがついに絶頂を迎えた。

「あっ、ん、はぁっ……♥」

膣襞がきゅっと締まり、肉棒を締めつける。

そのたまらない気持ち良さに、ガニアンも限界が近づいた。

一度イって腰が止まったアリアドのおまんこを、今度は下から突き上げていく。

「んはぁぁぁっ♥　あっ、ガニアンさん♥　今、そんなに突かれたら、んぁっ♥」

アリアドはさらなる追加の快楽に、はしたない声をあげていく。

「んぉっ♥　イってるおまんこ……だめぇっ♥　敏感だから、ああっ♥　お腹の奥……突き上げられたら、またイっちゃいます、んぁっ、ああっ♥」

ギルドで皆に慕われ、優しげなお姉さんといった雰囲気のアリアドが、おまんこを突かれて淫らによがる姿は、とてもエロい。

ガニアンはオスの欲望のまま腰を突き上げ、キツさを増す蜜壺をかき回していく。

「んはぁっ♥　あっ、あぁっ♥　イクッ！　またイク、ん、あぁっ！」

「俺も出そうだ！」

「ガニアンもイキそうなのね♪　ふーっ♪」

「先輩、ちゅっ♥」

そんなガニアンに左右からふたりが抱きつき、フィニッシュを盛り上げてくる。

美女三人の体温を同時に味わうシチュエーションに、精液がぐぐっとせり上がってきた。

「あっあ♥　イクッ、んぁ、ガニアンさん、あっあっ♥　んはぁっ、イクイクッ！　んあぁぁぁぁぁっ♥」

どびゅ、びゅるるるるっ！

アリアドが再び絶頂するのに合わせて、ガニアンも射精した。

「んはぁぁぁっ♥　熱いザーメン、私の中に、いっぱい出てますっ……♥　あっ、んはぁっ、あぁっ……♥」

絶頂するおまんこに中出しを受けて、アリアドがさらに快楽に溺れていった。

「あ……あふぅっ……♥」

連続絶頂でついに体力を使い果たし、ぐったりと脱力していく。

「ん、あぁ……♥　あ……」

抱き上げるようにして肉棒を引き抜くと、ガニアンはアリアドをベッドへと寝かせた。

「ね、ガニアン……♥」

「先輩のここ、まだガチガチでお元気ですね♥」

そんな彼に、左右からふたりが寄りそってくる。

まずはシューラが、体液でぬらぬらと光る肉棒をにぎり、くちゅくちゅとしごき始めた。

「ああ、もちろんだ」

出したばかりではあるが、ガニアンはふたりを抱き寄せる。

「あんっ♥」

若々しい女の子の柔らかな身体を感じていると、射精直後といえども、肉棒はすぐに滾ってくるのだった。

「それじゃ、ふたりは並んで四つん這いになってくれ」

「はいっ♥」

ガニアンが言うと、彼女たちは素直に従って、丸いお尻を向けてくる。

軽く脚を開いて後背位の体勢になった彼女たちの、その中心はもう濡れているのがわかる。

無防備に差し出されている、ふたりのおまんこ。

そのどちらもが、いつでも種付けＯＫだと誘っている状況は、オスとしてたまらないものがあった。ガニアンはそんなふたりへと近づき、肉竿を挿入していった。

「んはぁっ♥」

まずはラフィーに挿入し、軽くピストンを行う。

「ん、ああっ……ガニアンのおちんぽ、入ってきて、んぅぅっ！」

ある程度往復すると引き抜き、次はシューラに。

「んはぁっ♥　せんぱい、ん、あぁっ……♥」

そしてまた引き抜き、魅惑のおまんこの間で、交互に抽送を行っていく。

「んはぁっ♥　あっ、んっ！」

「あふぅっ、ん、ああっ！」

ふたりの秘穴を、代わる代わる味わっていく醍醐味はすばらしい。

「ああっ、ん、はぁっ……♥」

「あんっ♥　ん、くぅっ！」

蠕動する膣襞を擦りあげてやり、強引にピストンを行う。

「んはぁっ♥　あっあっ、ガニアン、ん、ふぅっ！」

「せんぱい、もっと、んはぁっ♥　あっ、ああっ……！」

彼女たちが嬌声をあげるのを聞きながら、平等に挿入していった。

そんなすばらしい気持ち良さと豪華さで、ガニアンの昂ぶりは増していく一方だ。

「んはぁっ♥　あ、ん、くぅっ！」

「あふっ、ん、ああっ……♥」

お尻を振る彼女たちが声をあげながら、身もだえていく。交代で間が空いてしまう分、挿入したときには勢いよく腰を振って、大きな快楽を送り込んでいった。

「んぁ……ああ、そんなにパンパンされると、ん、はぁっ♥」

ラフィーが、素早いピストンに喜びの声をあげていく。

「あふっ、ん、はぁ……♥　あっあっ♥　あたし、もう、んぁ、ああっ、イキそうっ、んぁ、ああっ、んくぅっ！」

「じゃあ、このままいくぞ……！」

ラフィーが限界近いということで、ガニアンは一気に追い込みをかけていく。

「んはぁっ♥　あ、ん、くぅっ！」

これまで以上の勢いで、ラフィーの蜜壺をかき回していく。

パンパンと腰を打ちつける音を立てながら、ピストンを繰り返した。

「んはぁっ♥　あっ、んはぁっ♥　もう、イクゥッ！　あっ、んぁ、ああっ。すごいの、んぁ、あぁっ！」

高貴なお嬢様であるはずのラフィーが、遠慮なく悶えていく。そんな彼女の腰を掴み、ガニアンは後ろから容赦なく突いていった。

「んはぁッ♥あっあっ♥　もう、イクッ！　んぁ、ああっ！　あふ、イクイクッ！　んはあぁぁぁぁあっ♥」

いよいよラフィーが絶頂し、その膣内が収縮する。

ガニアンは収縮するおまんこの中を、何度も何度も擦り、往復していった。

「んはぁっ♥　あっ、んっ、ふぅっ……♥」

ようやく膣内から肉棒を引き抜くと、今度は、待たせていたシューラへと挿入する。

ずぷりと最奥まで挿入されて、シューラが喘いだ。ガニアンもまた限界が近い。手加減はできなそうだった。後輩少女のおまんこを、ハイペースで突いていく。

「んはぁっ♥　先輩、そんな奥まで、んぁっ♥」

「ああっ♥　んはぁっ、あぅっ！」

最初からの力強いピストンに、嬌声をあげていくシューラ。

気持ちの良いおまんこに連続で挿入していたこともあり、射精欲もどんどん増していた。

「ああっ♥　ん、せんぱい、んぅぅっ、ああっ……♥　おちんぽ、すごい勢いで、わたしの奥まで、んはぁっ♥」

うねる膣襞が肉棒をしごきあげ、射精を促しているかのようだ。

見た目は清楚な彼女の、淫らな秘部の動きに興奮を覚える。

「ああ、せんぱい、きてください♥　んぁ、そのまま中に、んぁっ♥　先輩のザーメン、だしてくださいっ、んぅぅっ。ああっ！」

「ああ……いくぞ……！」

求められ、ガニアンは昂ぶりのままラストスパートをかけていく。

「んはぁっ♥　あっあっ♥　いくっ、ん、ああっ！」

蠕動する膣襞を擦りあげながら、膣奥まで肉棒を届かせていった。

四つん這いの彼女が、ピストンに合わせて身体を揺らしていく。

「あぁっ♥　もう、だめっ、イクッ！　せんぱい♥　んぁ、あぁっ、イクッ、イクイクッ！　イックウウゥゥウゥッ！」

「う、ああ……！」

ビュクッ、ビュルルルルルッ！

シューラが絶頂するのと同時に、ガニアンも射精した。

「熱いせーえき♥　わたしの中に、びゅくびゅくでてますっ♥　んはっ、ああっ♥　んぅぅうっ！」

絶頂おまんこに中出しを受けて、シューラがあられもない声をあげていった。

うねる膣襞がしっかりと肉棒に絡みつき、精液を余さず搾り取っていく。

「ああ……」

ガニアンはその欲しがりな蜜壺に精液を出し切ると、肉棒を引き抜いた。

「あふぅ……♥」

シューラはそのまま姿勢を崩し、ベッドへと寝そべった。

そんな彼女を見ながら、そっと一息つく。

「ガニアンさん♪」

そんな彼に、いつのまにか復活していたアリアドが抱きついてくる。

むにゅり、と柔らかなおっぱいが押しつけられている。快感の無限ループのようだ。

その気持ち良さを嬉しく感じながら、アリアドへと向きなおる。

「おちんぽ、お掃除させていただきますね♪　あーむっ♥」

いきなりアリアドは、体液まみれの肉棒をぱくりと咥えてきた。

何度も射精した直後のチンポが温かな口内に包み込まれ、そのまま愛撫を受けていく。

「れろっ……ちゅぱっ♥」

アリアドは丁寧に肉竿を舐めながら、裏筋のあたりにまで舌を這わせて、刺激してくる。

癒やしと新たな快感が混ざり合う、すばらしいフェラだった。

「立派なおちんぽ♥　ちゅぷっ、れろっ……大きなままですね♥」

楽しそうに言いながら、フェラを続けていくアリアドに、ガニアンの肉棒は素直に反応していってしまう。これではもう、萎えている暇はないようだ。

「あむっ、じゅるっ、れろっ……♥」

まだまだ、夜は長い。

「今夜もたっぷり、気持ち良くなってくださいね♥」

三人の美女に心から関係を求められ、こうして搾り取られる生活にも幸せを感じながら、熱い夜は続いていくのだった。

# 第一章　魔術師ギルドをクビになる

「それで、まだ成果は出ないのかね」

とんとんとんと、デスクを指で叩きながら、部長が言った。

経理部では多くの職員が、他部門から来る経費の申請書類への対応や、収支などの処理を行っている。そんな職員の中には、部長の席で叱責を受けているガニアンの様子に、注意を向けている者もいるようだった。

いらだちを隠さず、声を抑えもしないのだから、それも当然かもしれない。

「過去の実績は知らんが、今の君は完全にお荷物だ。ギルドの金で研究しているというのに、最近はまともな商品を一つも生み出せていない」

言い返しても小言が増えるだけということもあり、ガニアンは黙ってその言葉を浴びていた。

わざとらしくため息をついてみせる部長は、鼻を鳴らす。

「君が天才などともてはやされたのは、昔の話だ。え？　わかってるのかね。結果の出ない研究に金を出し続けるほど、ギルドは甘くないのだよ」

部長は嫌みったらしく、ガニアンをねめつけながら続ける。

「予算は三十パーセント削るが、出るだけありがたく思っておけ。いいか、さっさと商品価値のある結果を出すんだ。ギルドの研究は遊びじゃないんだ」

この話はそれで終わりだ、とばかりに手を振る。

「わかったらさっさと行け。……おい君、次は営業部の――」

そして側にいた職員に声をかけ、もうガニアンのことは意識から追い出しているようだった。

あるいは、それは「お前に期待などしていない」というアピールなのかもしれない。

ガニアンは踵を返し、経理部を後にする。

(三十パーセントもカットか……)

上質な木でできたギルド内の廊下を歩きながら、ガニアンは内心ため息をついた。

予算が削られるのは、これが初めてのことではない。

いや、むしろ常に削られ続けているのだった。

金級魔術ギルド、ソジエンライツ。

実績のある、大手に類するギルドだった。

掌から炎を放ち、指先一つで落雷を落とす――そんな派手でストレートな攻撃魔法が廃れて百数十年。

現代では、才能と修練により個人が行使する魔法そのものはほとんど見られず、魔法を応用することによって生まれた魔道具が、一般的なものとなっていた。

あらかじめ仕込まれた種類に限るものの、魔力を通せば誰でも魔法を扱える魔道具。

それは厳しい修行やセンスの呪縛から人々を解放し、魔法を一部の選ばれた者の秘術から、一般的なものへと変えていったのだった。

そんな社会における魔術ギルドの使命とは、かつてのような魔道の研究、選ばれた魔法使いの派遣――ではない。ポーションから家庭用魔道具、業務用大型魔道具などといった、便利な道具を生産・販売することだ。

ガニアンが所属しているソジエンライツも、そんな魔術ギルドの一つだった。

売れ筋の魔道具の開発・販売を行っている魔術師ギルドであり、それなりに名のしれた大手でもある。

ギルドには階級があり、白金級、金級、銀級、銅級、鉄級といった段階に分けられる。

白金級ギルドというのはごく一部の巨大組織や、かつての英雄が開いたギルド、大公クラスの大物が設立して在籍しているギルドなどで、数えられるくらいしかない。

それらはもう、国民の誰もが知っているような組織だ。

そのため庶民一般には、金級が最上位といっていいだろう。

ソジエンライツはその金級であり、紛れもない上位ギルドだ。

構成員も三百名ほどで大きい。魔道具の製造部門だけでなく、研究部門や営業部門、経理部門などなど、それぞれに部門が分かれているのも、ギルドとしては珍しいことだった。

昔のギルドはそもそも、少人数の技術者集団だったから、今でもそうした形態のところも多い。

部門……などと大仰な区分けにならず、いろいろことをひとりが担当しているというのが、ほとんどだろう。

普通のギルドでは、二十人もいれば大きな部類なのである。

そんな中で、金級最大級の人員を持つソジエンライツは、安定した大企業、というような印象のギルドなのだった。

ガニアンは廊下を抜け、端のほうにある小さめの部屋へと入っていく。

ソジエンライツの開発部門、その第三課だ。

同じ開発部門でも、花形は違う。

販売の主力である、家庭用魔道具の開発を幅広く行うのが、第一課。

この部門だけ二十数名おり、小さなギルドひとつぶんといっても差し支えない規模。

その次に、業務用魔道具の開発を担当するのが、第二課。

十名ほどのギルド員がおり、第一課の影に隠れがちではあるものの、それなりの成果を上げている。

そしてガニアンの所属するのが第三課となり、こちらは……結果は思わしくなかった。

ガニアンは過ごし慣れた第三課のオフィスに入る。

入り口付近にデスクが並び、そのスペースだけはなんとかギルドらしい体裁を保っているものの、部屋の奥は雑多に荷物が置かれ、半ば物置と化していた。

実験スペースには型落ちの装置が並んでおり、第三課の現状をわかりやすく示している。

当初は十名ほどいた第三課も、今では課長であるガニアンを含めて三人しかいない。

予算も削られ、思うように実験することも難しい。

金級ギルド、ソジエンライツのお荷物――それが現状の、第三課だった。

「また予算削減だってさ」

彼が言うと、部下のふたりは苦笑いを浮かべた。

「いやー、相変わらずずっすねー」

「予算が潤沢ならまだ、やりようもありそうなんですけどね」

第三課は基礎的な研究部門で、商品そのものではなく、新技術の発明を行っているのだ。

しかし今のソジエンライツは、現行の技術で手を変え品を変え商品を発売しており、それが安定しているため、新技術についてはあまり必要とされていない。

既存の技術でも充分に売り上げが安定しているから、お金にならない研究部門は、次第に軽んじられていったのだ。

これだけ予算が削られ、窓際のような扱いを受けつつも、第三課が今日まで存続しているのは、かつてガニアンが生みだした発明のおかげだ。魔石による魔道具の利用は、当時にしては画期的だった。今でこそ当然の技術だが、それを発明したのがガニアンなのだ。

それまでの魔道具は、使用者自身の魔力を使って作動させていた。

そのため、大型の魔道具には相応の魔力が必要で、扱える者が少ない。一般的な家庭用の魔道具であっても、魔力があまりに低いと使えない、という仕様だった。

そのため、生まれながらに魔力が少ない人々は、魔道具が扱えず不便な思い――どころか、一部の場面では出来損ない扱いまでされることもあった。

大型の魔道具も便利ではあるが、動かすために必要な人員について、様々なことが問題視されることも頻発していた。

そんな中でついに、ガニアンが魔石による魔道具の発動を可能にした。そのことで、魔力が少ない人間でも、魔道具を扱えるようになったのだ。

これは特に、貴族や富豪たちに大歓迎された。

魔石という消耗品にも金を出せる、そういった太客の心をつかんだことと、その技能をいち早く活かした魔道具を販売したからこそ、ソジエンライツは金級へと昇格したと言っていいだろう。

ガニアンは当時、天才ともてはやされ、その功績を持って第三課が新たに専門部署として立ち上がり、課長となったのだった。

十代の魔術師としては異例の出世。しかし……それも完全に過去の話だ。

このような発明は、技術の根底となる部分であり、ポンポンとアイデアが出るようなものではない。同じことを期待されても、無理なのだ。

だから、すでに十年ほど新たな実績が出せていない。

その間に、ギルドの方針は変わった。売上げが全てだった。

かつては評価してくれた上層部の恩人たちも、すっかり入れ替わってしまっている。

新たな経営陣は目先の結果だけを求めていて、売り上げを担う第一課に人材を集中させているのだった。

第三課は日ごとに予算を削られているのに、ガニアンは結果をせっつかれる一方だ。

予算がなければ研究も遅々として進まず、完全な悪循環に陥っている。

まともに研究ができないならば、ギルドに残る意味はあるのだろうか？

そうも思うガニアンだったが、他に職場のあてがあるわけでもない。

経理部長が言ったように、カットされ続けてはいても、予算が出るだけマシと思うしかないのだろう。

●

そんなふうに、窓際の無能扱いされているガニアンだったが、それに反して、開発や製造の技術者たちからは、今でもそれなりに評判がよかった。

そもそも、主流となっている魔石活用型はガニアンの発明だし、技術を担当する者たちは、それを忘てなどいないからだ。

「あ、先輩、お久しぶりです！」

帰宅しようとしたところで、後輩のシューラに声をかけられた。

「おお、久しぶりだな」

セミロングの黒髪をなびかせながら、シューラが近づいてくる。

おとなしげな見た目の彼女だったが、そんな雰囲気に反して、勢いよく駆け寄ってくると大きな胸が弾むように揺れる。

「先輩、今日はもう上がりですか？」

「ああ。シューラは？」

「わたしもです！　せっかくだし、どこかに寄っていきませんか？」

シューラはガニアンの後輩で、元部下だった。

今では第一課に在籍しており、そちらで若手のエースとして頭角を現している女の子だ。

それでも、ガニアンには昔と変わらずに懐いてくれている。

彼女は楽しそうにしながら、ガニアンの隣を歩いていた。

ギルドを出ると、仕事終わりの人であふれる石畳の大通りをふたりで進む。

肩を並べながら、そんな中をゆっくりと歩いていった。

「こうして先輩と一緒に歩くのって、ずいぶん久しぶりですよね」

「今では部署も違うしな」

後輩ということもあり、昔はランチなどで一緒に出かけることも多かった。

当時のガニアンは今以上に技術者たちから慕われていたが、その中でも特に懐いてくれていたのがシューラだ。

彼女の教育係が、ガニアンだったというのも大きいだろう。

もうひとり、同じようにガニアンが教育係になって懐いてくれた後輩もいたが、そちらは実家を継ぐということで退職していた。

今は離れた街で暮らし、そちらのギルド長としてやっているという。

最近は交通網も発達してきているとはいっても、やはり離れた街となると、そうそう連絡を取ることはできなくなってしまう。

そんなことを懐かしんでいる内に、店へと到着した。

これといって特徴のない、普通の飲み屋だ。

テーブル席が並んでおり、ガニアンたちはその中の一つに着く。

そして適当な酒と料理を注文した。シューラとなら、気兼ねはない。

「シューラはかなり頑張っているみたいだな。こっちにも噂が聞こえてくるよ」

軽く乾杯をした後、ガニアンがそう言った。

「どうなんでしょうね……一応、アイデアを採用してはもらってますけど……」

彼女はグラスを傾けながら言う。

「先輩の下にいた頃のほうが、充実感はあった気がします。今はどうしても、無理矢理アイデアを数ばかり出して……っていう部分が強くて」

「ああ、第一課はそうかもな……」

第一課は、主力商品である家庭用魔道具の開発だ。

家庭用だと様々な機能が必要になる。しかし、大きめの魔石を使うとコストが高くなるということもあって、高級品は富裕層や、生活に背伸びした層に向けて根付けている面もあった。

そのため、売れれば利益が出やすい。

だから、どんどんと機能を変え、新製品を発売していく、というのがギルドの方針だった。

そのために、開発部には絶えずアイデアを出すよう要請があるのだろう。

「好きなだけ考えたい、というのがわがままなのはわかりますけど、時間なしで、数だけばらまくのがいいとは思えないんですよね」

「最近また上の人間が変わってから、ギルドも余裕がなくなってるみたいだしな」

かつてのギルド長や上層部の考えは、人々の生活をよくする、そのための魔道具を作る、だった。

結果として商品は、比較的高めだけれど、その分以上に質がいいものを、となる。

魔道具なんて、そうそう買い換えるものではないし、上質なものを作って次もソジエンライツの製品をと思ってもらえれば、ギルドは上手く回っていくという考え方だったのだ。

しかしギルド長が変わり、同時に上層部のメンバーも世代交代してからは、無駄であっても新機能を足し、どんどん新商品を出して買い換えてもらうというような、逆のスタイルになっていた。

利益だけを求め、ひたすらに商品を売り込んでいく。

確かに売り上げは上っているのだが、研究者としては……という感じだった。

先代の方針に惹かれて入ったガニアンやシューラにとって、今のギルドはかつてほど魅力的なところではない。

とはいえ、最大手のギルドであることには変わりないのだ。

なんだかんだと恵まれた環境ではあるから、離れるほどの理由もない。

「先輩とこうしていると、余計にあのころが懐かしくなっちゃいますね」

そう言いながら、シューラはグラスを傾けた。

「先輩と一緒に働いてた頃は、楽しかったですね」

「……そうだな。ほんとうに、そうだ」

シューラは新人の頃よりも、ずっとハイペースで酒を飲んでいく。

そんなところも、成長したのかもしれない。

最初の頃はド新人で、半分子供みたいなものだった。そんなことを思い出す。

今ではすっかりと大人の女性になり、慣れた様子でグラスを傾けている。

しみじみとその姿を眺めながら、ガニアンも酒をあおっていくのだった。

●

「先輩、んっ……ちょっと酔っちゃいました……」

店を出る頃には、シューラは顔を赤くして、ガニアンの腕にすがりついていた。

「大丈夫か？」

「久々に先輩と会って、テンション上がり過ぎちゃいました……」

そう言ってしなだれかかってくるシューラを支えながら歩く。

さっきは、すっかり大人になった、などと思ったものだが……。

こうして酔っ払ってへろへろになってしまうのを見ると、まだまだ若いのだな、と感じるのだった。お酒の失敗、というほどではないけれど、飲み過ぎてぐでぐでになるのはスマートな大人とはいえないだろう。

適量を把握して止められるのが、飲み慣れた人間の所作だ。

「シューラ、家はどこだった？」

「んー……」

彼女は腕にすがりついてぼんやりと反応するだけで、やはりかなり酔っているようだった。

ガニアンも彼女の家までは知らない。

送っていくには彼女自身の案内が必要だ。

（しかしこの様子だと……）

「んー、せんぱぁい……んぅ……」

半分寝ているのか、彼女はむにゅむにゅと口を動かしながら、ガニアンの腕にしがみつくように寄りかかっている。

大きな胸が柔らかく押し当てられているのは役得だといえたが、家がわからないのでは、夜の街中に立ち往生してしまう。

「あんまり、よくないとは思うんだけどなぁ……」

しかし他に方法もないか、ということで、ガニアンは酔ったシューラをひとまず、自分の家に連れて行くことにしたのだった。

夜の街は、飲み終えた人々がノンビリと行き交っている。

端から見れば、ガニアンとシューラはいちゃついているカップルにも見えただろう。

そんなことをぼんやりと考えながら、ガニアンは帰路についたのだった。


「ほら、シューラ……水を持ってくるから」

「せんぱい……」

赤い顔の彼女をベッドに寝かせ、ガニアンは水を持っていく。

ガニアンの部屋は、これといって目立つところのないワンルームだった。

新人としてギルドに入ったときに借りた部屋に、そのままずっと住んでいる。

課長に昇進したときなどに、もっと広いところに引っ越そうと思えば引っ越すこともできたのだが、その頃は研究も自由にできたので、仕事に熱が入っていた。

いろいろと面倒だし、どうせ帰って寝るだけだしと、ずっとそのままになっていたのだ。

実際、今日こそこうしてシューラが来ることになったが、普段は誰が来るわけでもないし、特に困っていない。もちろん、異性を呼ぶことなどなかった。

「んー……」

シューラはベッドでごろごろとしている。

(こういうのもかわいいけど……無防備だなぁ……)

転がることで乱れた彼女の服を見ながら、ガニアンは思った。

「ほら、水だ」

「ありがとうございます……」

彼女は身を起こして受け取ると、両手でグラスを持って水を飲んだ。

「ね、せんぱい……」

「どうした？」

上目遣いで見てくるシューラに、ガニアンは思わず見とれてしまう。

「昔と違って、わたし、もう大人になりました」

「そうだな……」

酔ったり無防備に男のベッドにいたりはするものの、彼女の見た目はすっかりと、魅力的な女性になっている。出会った頃の、幼さを残す姿とは違う。

「だからこうして、んっ……」

彼女が、ガニアンに抱きついてくる。

それを受け止めたガニアンは、温かく柔らかな身体を感じた。

「せんぱい……」

目を閉じて、軽く唇を突き出してくるシューラ。そんな彼女にそっとキスをした。

「んっ……ちゅっ♥」

唇を触れさせ、ゆっくりと離す。すると今度は、シューラからキスをしてきた。

「んむっ……ん、ちゅっ……れろっ……」

次第にキスは深くなり、ふたりは舌を絡めていく。

「せんぱい……♥」

シューラはうっとりとガニアンを見つめた。

その女の顔を見て、ガニアンの欲望がふつふつと湧き上がってくる。

「シューラ……」

「んっ……♥」

キスをしながら、彼女をベッドへと押し倒した。

ガニアンは覆い被さるようにして、彼女を見下ろした。

仰向けになったシューラが、潤んだ瞳で彼を見上げる。

仰向けになっても、まったく存在感を失わない巨乳が目に入る。

ガニアンは彼女を抱きしめて、もう一度キスをした。

「ん、ふぅっ……♥」

そして彼女の背中、腕をそっとなでていく。

「んっ……」

その手をゆっくりと、胸のほうへと動かしていった。

「あっ……んっ……」

柔らかな双丘に触れると、彼女は小さく声をあげたものの、そのままガニアンの指を受け入れる。

「せんぱい……」

むにゅり、とガニアンの指が沈みこむ。

たわわな胸の柔らかさを感じながら、ガニアンは慎重に手を動かしていった。

「ん、はぁ……あぁ……」

シューラの口から、切なげな吐息が漏れてくる。

その色っぽさに、ガニアンの興奮はさらに増していった。

「先輩、ん、あぁ……」

「シューラ……」

ガニアンは彼女の名前を呼びながら、胸元をはだけさせていく。

「あっ、だめです……♥」

そう言いながらも、シューラは抵抗せずに受け入れた。

たゆんっと揺れながら、たわわなおっぱいが現れる。

柔らかそうに揺れるその双丘に、ガニアンの目は釘付けになる。

「あぅっ……そんなにじっくり見られると、恥ずかしいです……」

そう言って胸を隠そうとするシューラの手を、ガニアンがつかんだ。

「あっ……せんぱい♥」

「隠さないで」

そう言って、豊かな乳房を眺める。

白くなめらかそうな肌に包まれた、魅惑の双丘。

彼女が羞恥で軽く身をよじると、それにあわせておっぱいが波打つ。

「せんぱい……♥　ん、あぁっ……」

恥ずかしがりながらも、力を抜いていく彼女。

ガニアンはその腕から手を離すと、たわわな胸へと直に触れるため、手を伸ばしていく。

むにゅりと、双丘が指を受け止めて形を変える。布に包まれていたときとは、一味違う感触。

想像以上の柔らかさに感嘆の息を漏らしながら、指を動かしていった。

「んぁ、ああ……先輩の手が、あぅっ、わたしのおっぱいを、ん、むにゅむにゅと、あっ、ふぅっ、あぁっ……♥」

「シューラの胸、すごくさわり心地がいいな」

そう言って、ガニアンは遠慮なく胸を揉んでいく。

極上の感触は、ずっと揉んでいたくなるほどだった。

「あぁ♥　ん、はあっ……せんぱい、ん、ふぅっ……。先輩の……大きい……、あっ、ん、力強くて、あ、んはぁっ……♥」

シューラは気持ち良さそうな声を出して、ガニアンを見つめた。

情熱的にうるんだ瞳を見て、ガニアンの欲望も増していく一方だ。

「シューラの顔、すごくエロくなってるな」

「あっ、ん、ふぅっ……だって、んぁ……せんぱいにおっぱい触られていると思うと、あぁ……それだけで、んっ……」

恥ずかしがりながらも、可愛らしいことを言う彼女。

ガニアンはそんな彼女の胸を堪能していった。

「あぁ、せんぱい、ん、はぁ……♥　先輩の大きな手に、んっ♥　触られていると、わたし、あっ、んはぁっ……♥」

「シューラ、そんな声を出されると、俺ももう、止まれなくなる」

可愛らしい彼女の姿に、ガニアンはますます夢中になってしまう。

つい先程まで、一緒に酒を飲んでいたときには、見た目が成長してもまだまだ若い後輩だなどと思っていたのだが……。

「あぁっ♥　ん、はぁ……」

今、目の前で色っぽい吐息を漏らしている彼女は、紛れもなく魅力的な女性だった。

「あふっ、ん、あぁっ……」

声をあげて感じているシューラ。だんだんと声のトーンも上がっていく。

「感じてるんだな。ほら、乳首もたってる」

ガニアンは、つんと存在を主張するその突起をいじった。

「んはぁっ♥」

するとシューラは大きく声をあげて、また顔を隠した。

「あっ、先輩、そこ、だめぇっ……んっ……」

「気持ち良さそうに見えるけど」

そう言いながら、くりくりと乳首をいじっていく。

「あぁっ……気持ち、いいですけど、あっ♥　ん、はぁっ……」

シューラが快感で、軽く身をよじる。そんな彼女を、さらに責めていった。

「乳首をいじると、身体が跳ねるな」

「あっ♥　ん、だって、せんぱいのゆびっ……♥　きもちよくて、あっ♥　ん。はぁっ！　そんなに、くりくりいじったらダメですっ……♥」

「シューラの乳首は、もっと触ってほしそうだけど」

言いながら、休まず指を動かす。

「あぁっ♥　そ、それは、ん、はぁっ、ああっ！」

シューラは嬌声をあげ続け、そのまま感じているようだった。ガニアンとの初めての行為を、すっかり受け入れてくれている。

そんなシューラの初々しい反応を見ながら、ガニアンは愛撫を続けていく。

「あぁ♥　や、だめぇっ……そんなに、ん、あぁ、先輩、んぁっ♥」

盛り上がっていく彼女の反応を、楽しんでいく。

「あぁっ、ん、ふぅっ、んあっ♥」

こうしてずっといじっているのも悪くないが、ガニアン自身の欲望も大きくなっていた。

彼女の身体をなでながら、その手を下ろしていく。

「あっ、せんぱい♥　ん、ふぅっ……」

少し落ち着きを取り戻したものの、彼の手の動く先と、この後のことに思い至ったのか、心のほうは盛り上がっているようだ。

大人になったといったいう彼女に、胸への愛撫だけで終わるはずもない。

ガニアンは、彼女の服を脱がせていった。

そして最後に、女の子の大切な場所を包むには心許ない、その小さな布へと手をかけた。

「あっ……んっ……」

いよいよ秘められた場所へということで、シューラは小さく声を漏らした。

恥ずかしさと興奮の混じるその声に、ガニアンもつばを飲み込む。

そしてゆっくりと、最後の一枚を下ろしていった。

「あぁ……」

恥ずかしげな声とともに、シューラのアソコが露になっていく。

香しいメスのフェロモンとともに、ピンク色の淫靡な花が姿を現した。

「あぅっ……先輩……」

恥じらうシューラのそこは、もうしっとりと濡れている。

わずかに花開きつつあるその割れ目から、とろりと愛液があふれた。

それはガニアンの本能を刺激し、滾らせる。

「ここ、もう濡れてるな」

「あんっ♥」

そう言いながら、ガニアンが指で割れ目をなぞると、シューラは甘やかな声をあげた。

「先輩の指が、んっ、わたしのアソコに、あぁ……♥」

羞恥と興奮を含んだその声。そしてガニアンの指によって花開いていく陰唇。

「あぁ……ん、はぁ……♥」

押し開かれたその内側は、きれいなピンク色をしていた。

愛液に濡れ、ひくつくその膣内が誘っている。

ガニアンは自らも服を脱ぎ捨てると、猛った肉棒を露出させた。

「あっ……先輩の……おちんちん……」

そそり勃つその肉棒に、シューラが見とれる。初めて見る雄の部分に、彼女もまた昂ぶっているようだった。ガニアンはあらためて、彼女の割れ目を愛撫する。

「あぁっ♥ ん、はぁっ、先輩、ん、ふぅっ……」

「これだけ濡れていれば、もう挿れてよさそうだな」

ガニアンは言いながら、目でシューラに確認を取る。

彼女はこくん、とうなずいていた。

「はい……せんぱい……♥ ん、わたしのおまんこに、んっ……せんぱいのおちんぽ、挿れてください……♥」

そう言って、軽く足を広げるシューラ。

その動きに合わせて、淫らな花が開いていく。

熱く蠢くその膣口に、ガニアンはそそり立った剛直をあてがった。

「あぁ……ん、硬いのが、あたってます……」

「ああ……俺も柔らかな襞が吸いついてくるのを感じるよ」

「あぅっ、そう言われると恥ずかしいです……♥」

軽く腰を動かすと、くちゅくちゅといやらしい音がする。

ガニアンはその肉竿で、割れ目を擦りあげていった。

「あぁ……♥　先輩、ん、はぁっ……♥」

粘膜同士の敏感な刺激に、シューラが声をあげる。

ガニアンは入口の気持ち良さに欲望を滾らせつつも、しっかりと愛液を塗りたくり、彼女の入り口をほぐしていった。

「あふっ、ん、あぁっ……先輩、んぁ、きてください、ん、はぁっ……♥　わたしのなかに、あんっ♥　あっ、ん、ふぅっ……」

「ああ、いくぞ……」

そしていよいよ、ガニアンは腰を前へと進める。

「んぁっ……！」

ぐっと押し広げながら入っていく肉竿。

すぐに抵抗を受けるものの、ガニアンはそのまま慎重に先を進めようとする。

「あぁ、ん、はぁっ……！」

メリッと膜が避ける感触があり、肉棒は膣内へと迎え入れられた。

「んはぁっ！　あっ、ん、くぅっ……！」

初めて受け入れる男のモノに、シューラが声をあげる。

「あぁ……すごいな……これは」

狭く締めつける処女の膣洞の気持ち良さに、ガニアンは思わず呟いた。

「んぁ……ふぅ、んっ……」

ガニアンは一度腰を止め、彼女の狭い膣内が肉棒を受け止めるのを待った。

「これ、すごいです……せんぱいのおちんちんが、わたしの中、んぁ♥　押し広げてるのがわかります……あぁ……」

「そうだな。シューラのおまんこに、すごく締めつけられてる」

「わたしたち、つながってるんですね……せんぱい♥」

彼女はうっとりと言った。

「先輩の、硬くて大きいのが……♥　わたしのなかで、あんっ……わたしで……よろこんでくれてます……」

「う、シューラ、それ……」

彼女は肉棒を確かめるかのように、きゅっと膣道を狭めてきた。

その思わぬ快感は、ガニアンを追い詰めていく。初めての彼女が、そこまでするなんて。

蠕動する膣襞（ちつひだ）が、肉竿をしっかりと刺激してきていた。

動かずにいてもこれだけ気持ちがいいのだ。この状態で腰を振ったら、どれほどの快楽なのだろうか。ガニアンはその期待とともに、落ち着きを取り戻した彼女を見る。

「せんぱい……もう、ん、大丈夫です……♥」

「ああ」

彼女にうなずくと、ゆっくりと腰を動かし始める。

「あぁ……ん、はぁっ……おちんぽが、中をこすって……せんぱいが、ん、はぁ……♥」

緩やかに腰を動かしていくと、彼女も甘い声を漏らしていく。

ずっと後輩だったシューラを女にしていく行為。赤らめた顔でこちらを見るその姿にも、ガニアンの興奮は増していった。

「あふっ、ん、はぁっ……先輩、あっ♥　んぁ……」

熱い蜜壺が肉棒を咥えこみ、快楽を送り込んでくる。

「中に、大きくて硬い先輩を感じて、あっ♥　ん、はぁ……」

彼女がぎゅっと抱きついてくる。ガニアンはそんなシューラの中を、力強く往復していく。

「あふっ、ん、はぁっ……あぁっ♥」

色めいた声を漏らす彼女にあわせ、その膣襞もうねる。

「んぁ、ああっ……せっくす……おちんちん……すごいです、ん、はぁ……」

「ああ、シューラの中も、すごく気持ちがいいな」

「わたしも、あっ、ん、せんぱいのおちんぽ、感じて、すごく気持ちいいですよ……♥」

その言葉で、徐々に腰の動きを速くしていった。

「あっ♥　ん、はぁっ、あぁっ……」

肉襞が喜ぶように絡みついてきて、ガニアンの興奮を後押ししてくれる。

「あぁっ♥　ん、はぁっ、せんぱい、わたし、あっ♥　ん、はぁっ……」

「そろそろ、気持ちいいかい？」

「はいっ……♥　んぁ、あぁっ……はい……だんだん♥」

シューラはうなずくと、徐々に嬌声をあげていく。

愛液があふれる蜜壺が、肉竿をしっかりと咥えこんで刺激してくる。

その気持ち良さに、ガニアンのペースもあがっていった。

「んはぁっ♥　あっ、ん、ふぅっ……せんぱい、あっ、ああっ！」

嬌声をあげながらシューラが、どんどん乱れてくる。

「あぁっ、んぁ、ああっ！」

うねる膣襞をかき分け、ガニアンも必死にピストンを行っていった。

「んはぁっ♥　あっあっ、ん、くぅっ！　わたし、あっ♥　もう、気持ち良くて、んぁ、あうっ、あっ！」

「う、シューラ、そんなに締められると……」

「せんぱいのおちんぽ♥　わたしの中を、ズンズン突いてきて、あぁ……わたし、もうっ、あっあっ♥　んはぁぁっ！」

「う、あぁっ……締めすぎだ……」

彼女がぎゅっとしがみついてきて、膣襞が肉棒を締めあげる。ただでさえ処女のキツい膣内だ。

その気持ち良さに耐えきれず、ガニアンは腰を前へと押し出した。

「もう出る……うっ！」

そして汚れなき処女の膣内へと、熱いほとばしりを放っていった。

「んぁっ、ああっ……」

吹き上がる精液が、子宮を白く染めていく。

「すごい……熱いのがいっぱい、わたしの中にきて……ああ、せんぱい……♥」

「うぅ……シューラ……」

彼女の膣内は、ガニアンの精液をしっかりと搾り取り、受け止めていった。

その気持ち良さに浸りながら雄汁を吐き出しきると、肉竿をゆっくり引き抜いていく。

「あ……せんぱいが……でちゃう……♥」

うっとりと見上げる彼女にそっとキスをすると、ガニアンはその隣へと寝転がったのだった。

「ふふっ……こうして、先輩と一つになれて、嬉しいです」

「ああ……俺もだよ」

ガニアンも、セックスの快感で夢見心地になりながらうなずいた。

自分を慕ってくれる後輩。出会った頃はまだ新人で、どこかあどけなさを残していたものだったが……今ではすっかりと魅力的な女性になっている彼女。

その、大人な好意を受け止めて、ガニアンは満たされていたのだった。

ギルドのお荷物として扱われている第三課にとって、いちばん警戒しなければいけないのは年度の区切りだ。区切り以外でも予算が減ることはままあるが、とくにこのタイミングでは、なんの被害もないということはほぼなかった。

最も多い出来事は、人員の減少だ。

年度区切りによって異動が起こるのだが、第三課から他の課に移ることがあっても、補充が来ることは絶対にない。

そうして、人数は減っていく一方だ。すでに三人しかいない第三課なのだが……。

人員の異動一覧が張り出されていたので、通路の壁に目を向ける。部下だったふたりは、それぞれ第二課と経理部門に異動となっていた。

ガニアン自身の名前は、どこにもない。第三課へ入る人員の名前は、もちろんない。

(ついにひとりか……)

掲示を見ながら、ガニアンはそう思った。

第三課の研究室に向かうと、そのふたりが声をかけてくる。

「いやー、いよいよやられましたね」

「俺なんて経理ですからね。研究と経理じゃ、数字を扱うといっても全然違うのに」

「すまないな」

「いやいや、ガニアンさんのせいじゃないですよ」

「でもこういう状況になっていくのを見ると、先行き不安な部分もありますよね」

そんな話をしつつも、ガニアンは研究へと取り組むことを改めて決意する。

予算も人員も削られ、実質的に三課はもう終わりだろう。

かつての功労者であるガニアンひとりを、お飾りとして置いているだけ。

それだけの課になる。

それでも一応は研究できるなら、マシだと思うべきなのだろうか。

そんなことを考えながらも、厳しくなった次年度について頭を悩ませるのだった。


そんな異動発表の後で、ガニアンは呼び出しを受けた。

普段なら経理部に呼び出され、さらなる予算カットを伝えられるのだが……今回は違った。

ガニアンが呼び出されたのは、ギルド長の部屋だった。

「ガニアンくん」

ほとんど顔を合わせたことのないお偉いさんが、デスクからこちらを見た。

ガニアンを重宝してくれた頃には、いなかった人物だ。

世代交代によって、完全に方針の変わったソジエンライツ。

彼はその利益重視の方針を、体現するような人物ともいえた。

「開発部門でありながら、第三課はずっと、成果をあげられていないようだね」

「いえ。研究は確実に進んでいます。先日も提出させていただいた資料を――」

しかし彼は、ガニアンの言葉を遮って続ける。

「結果がでていないのだよ。この十年、君の研究は何の成果も上げておらず、ギルドの売り上げにまったく寄与していない」

そこで彼はため息をついて見せた。

「ギルドは慈善事業ではないのだよ。結果の出せない者を、無為に囲っておくわけにはいかない」

そこで区切り、ガニアンを見る。

「わかるかね。むしろ我々は、よく耐えたほうだと思う。しかし、それも限界だ」

そして彼は宣言した。

「君は解雇だ。この年度末をもって、ギルドを去ってもらう。いや、それまでぶんの給料は出すから、荷物をまとめて、今日にでも去ってもらいたい」

「も、もう少し時間と予算さえもらえれば、この研究は――」

ガニアンは食い下がろうとするが、ぴしゃりとはねつけられる。

「もう結構だ。君の研究には予算は出せない。君自身への人件費も含めてだ。いいかね、この十年、君の研究は一ゴールドも生み出していない。いるだけで赤字というレベルでさえない。持ち出しのみで、利益がゼロなのだ。わかるかね？」

彼はひらひらと手を振る。

「退職金も少しは出すが、それで終わりだ。わかったらすぐに荷物をまとめて――ああそうだ」

最後に念を押してくる。

「ギルド内の人間には、クビになったとは言わないように。三課の二名はすでに先立って、次の配属先に移ってもらっているからな。静かに去ってくれたまえ」

「……わかりました」

どうやら、ここから巻き返すのは無理らしい。

そう判断したガニアンは、ギルド長の部屋を出たのだった。

騒がしいギルドの廊下を、俯(うつむ)いて歩いていく。

(解雇か……)

ここ最近はほとんど予算をもらえていなかったこともあり、ろくに研究は進んでいなかった。

それだけならまだ、研究が佳境にさえ入れば増額という可能性もゼロではなかったが……。

完全な打ち切り、クビとなれば、もう研究を続けることはできない。

だが、今更どうにもできなかった。

ガニアンは私物をまとめると、ひっそりとギルドを去ることにした。

(せっかく課長にまでなったのに。あれから、十年か……)

故郷を出てソジエンライツに入ってから……最初の研究をあわせると、合計で十五年近くこのギルドにいたことになる。

けれど最後はクビになり、こうしてひっそりと去ることになるとは。

ガニアンはため息をつきながら、ギルドを後にしたのだった。

# 第二章　お嬢様と新しいギルド

ギルドを解雇されたガニアンは、言われるままに荷物をまとめて出たのだった。

長くギルドにいたわけだが、終わるときはこんなものなのかと思う。

そして数日が経ったところでも、ガニアンはできることもまだ思いつかずにいた。

とりあえずの生活費くらいはまかなえるということもあり、のんびりと過ごしている。

研究ができなくなったというショックはもちろんあるものの、すでに予算を削られまくっていて十全じゃなかったことが、ある意味ではクッションになっていた。

まともな予算がある状態から、いきなりのクビだったら耐えられなかっただろうが、すでにほぼ停止状態だったため、気持ちの上でも落差が小さくすんだようだ。

それがいいことだとは思えないが、ともあれ、これからのことを考えないといけない。

頭ではわかっているものの、やはり突然だったということもあり、気持ちを切り替えてすぐに次にというふうにもいかなかった。

ずっと家にいても、魔法の研究ができるわけではないので、気がめいる一方だ。

そんなわけで今は、広場のベンチに腰掛けて街を眺めていた。

ピークタイムには多くの人が行き交う街の広場も、平日の昼過ぎはかなり見晴らしがいい。

ソジエンライツからは、利益を出していないと切られたガニアンだ。

自分だって、かつての魔石魔道具と同じように、研究が実を結べば十分に儲けられるものだと思っているものの、それを誰かに上手く売り込めるわけでもない。

実際にどのくらい金になるのか、どう商売にしていくかというのは、研究者であっても商売人ではないガニアンにとって、専門外だということもある。

そんな自分に研究費用を出してくれるところも、今ではまずないだろう。

ソジエンライツは大手ギルドだったということもあり、研究に使う様々な素材についても、それなりの入手経路があり、安く手に入れられていた。

個人で同じ研究をしようとすれば、さらに費用がかかってしまうだろう。

そんなわけで、研究を続けるのは絶望的であり、ガニアンは今後について考えないといけないと思いつつも、まだその折り合いをつけられていないのだった。

「ねえ、あなた」

「うん？」

そんなふうに物思いにふけっていると、いきなり声をかけられる。

顔を向けると、いつの間にか正面に立っていた美少女が、ガニアンを眺めていた。

ツインテールで、元気そうな印象の美少女だ。

子供というわけでは決してないが、大人と言うほどでもない——おそらく、社会に出始めるくらいの年齢なのではないだろうか。

ガニアンはそう思いながら彼女を見た。

(そういえば、年度が替わったばかりだな)

年度を境にクビになったガニアンは、目の前の美少女を見る。

(どこかに新しく入って、新人研修で声をかけまくる、とかそういうやつかな)

商人としての度胸をつけるためだとかいう建前で、研修で街行く人々に声をかけさせるギルドもあると聞く。

実際に練習にはなるだろうし、そうでなくても社会の厳しさを教えるとやらで、半ば嫌がらせ的にやらせているところもあるんだろうな。

ともあれ、この時期と彼女の年齢を合わせればそのあたりか。

あるいはもう本番として、なにかしらの営業をしているというのも。ありそうなことだ。

美少女からの逆ナンを期待するほど、ガニアンは若くもない。

それこそ若い頃なら、そういう浮かれた考えも出ただろうが、自分が一目で声をかけたくなるような美形でないのは、とっくに思い知っている。

「あなた、ガニアンでしょ?」

「……ん。すまん、知り合いだったか?」

相手が自分の名前を知っていたことに驚きながら、ガニアンは答えた。

人の顔を覚えるのは、得意なほうではない。

だがこんなとき、覚えていないことをごまかそうとはしない。

良くいえば素直であり、悪くいえば人付き合いが下手なタイプなのだった。

引きこもりの研究職だからなんとかなることでもあったが、反面、そういった部分の弱さがあったからこそ、上手く立ち回れずにクビにまでなってしまったともいえる。

「いえ、会うのは初めてよ」

しかし少女は、あっさりとそう言った。

「そうか」

ガニアンはうなずく。

「あなたを探していたのよ」

「ほう……」

なんとなくうなずいてみたものの、まったく思い当たるところがなく、ガニアンはあらためて少女を眺めてみた。彼女は純粋な瞳でガニアンを眺めている。

それはすれていない、まだ若い少女らしい瞳だ。

と、ガニアンはその後ろに、もうひとりの女性がいることに気がついた。

目の前の美少女よりは年上の美女だ。丁寧で落ち着いた様子の彼女は、姉というほどには似ていないが、保護者というには若すぎる感じだった。

(と、いうことは――)

目の前の美少女は、大きな商家の娘か、貴族の娘だな。

後ろの美女が、従者といったところだろう。

と、ガニアンは予想した。それなら、自分のことを調べて知っているというのも納得できる。

ガニアンは別に身分を隠すようなことはしていないし、金さえ出せば、たいていの情報は手に入るものだ。しかし彼女が、なぜ探してまで自分に声をかけてきたのかというところまでは、わからなかった。

「あたしはラフィー・レムネソ。これから自分のギルドを作るの」

「ほう……」

「だから、あなたをあたしのギルドに迎えに来たわ！」

ラフィーと名乗った少女が、びしっと指を突きつけて言った。

勢いよく言ったラフィーとは対照的に、ガニアンは困惑の表情を浮かべる。

こんなにも若い美少女が作る、新しいギルド。そもそも、なんのギルドなんだ？

突然そんなことを言われても、という感じだった。

ラフィーのほうは「どう？」とでも言いたげな様子で、ガニアンの反応を待っている。

悩んでしまったガニアンの様子を見て、後ろに控えていた女性が前に出る。

アリアドと名乗った彼女は、詳細な説明をしてくれたのだった。

「ラフィー様はレムネソ家の方針で、ギルドを立ち上げることになっているのです」

レムネソ家といえばたしか有力な貴族で、商売を重んじる家柄だ。有名なので、庶民のガニアンでも、それぐらいは知っている。

元々、先祖が商人から貴族になったという経緯があるため、今でもその傾向が強いらしい。

アリアドの話では、ラフィー自身は家督を継ぐわけではないようだから、それならば商売をしろ、ということなのだろう。たしかに、起業にも熱心だという噂がある。

そうなれば、彼女のような少女がギルドを立ち上げるというのも、そうおかしなことでもないのだろうか。とはいえ、普通の商売ではなくギルドというのは驚きだった。

「そこでラフィー様が考えたのが、新たな魔術師ギルドの創設なのです」

「なるほど」

やっと少しわかってきた。ギルドといっても、その業種は幅広い。

鍛冶師がふたりいれば、それはもう鍛冶ギルド。そしてそういった小さな鍛冶ギルドは街にいくつあってもいい。この平和な時代においては「ギルドを作る」だけなら、できることは数知れない。

そんな中でも魔術師ギルドは比較的、構成人数が小さくすむ部類のものだ。

ソジエンライツのように、様々な魔石魔道具を生産・販売するとなれば、ある程度は大がかりな工房が必要となってくるが、もっと小さな魔道具ならば、そう大きな機材やスペースを必要とする訳でもない。

ソジエンライツが特殊なわけで、むしろ多くの魔術師ギルドは今でも、魔術師が作ったちょっと便利なアイテムを売る、というような規模のものだ。

「ソジエンライツにあなたの話を聞きにいったら、最近やめたって聞いたわ」

少女は少し意外そうに言った。

「まあ、そうだ……」

やめたというより、クビになっただけなのだが。ギルド長の様子からも、自分たちからの解雇とは言っていないのだろう。

「まだあなたは自分のギルドも立ち上げてないみたいだし、チャンスだって思ったの。あたしのギルドに入ってくれると嬉しいわ」

「…………」

ガニアンはラフィーに目を向ける。彼女はまっすぐな瞳でガニアンを見つめていた。

「ガニアンさん」

そこで、先程説明してくれたアリアドも言葉を繋いだ。

「ラフィー様が新しく作るギルドは、あなたの研究を全面的に応援いたします」

「なに……？」

予想外の提案に、ガニアンが聞き返す。

「うん？」

しかし肝心のラフィーは、その言葉に首をかしげていた。

「ラフィー様、言葉が足りませんよ。まだ人数のそろっていないギルドに、いきなりガニアンさんだけを呼んでも、なにをしてもらえばいいのか、わからないじゃないですか」

「なんで？」

しかしラフィーはまだわからないといった様子で、あっさりと言い放った。

「ガニアンを――魔石魔道具の開発者を呼んで、新しい技術の開発をお願いする以外のことって、ある？　パン屋には、野菜を育てさせないでしょう？」

「ああ……まあそうだな」

自分の考えを疑いもしないラフィーの姿に、ガニアンは思わずうなずいた。

見知らぬ美少女からいきなりギルドに来いと誘われ、正直、怪しさしかなかったが……研究者としての自分を必要としてくれるなら、賭けていいかとは思えた。

その期待に応えられるよう研究に打ち込み、魔石魔道具を次の段階に推し進めよう。

ソジエンライツではできなかったこと。そのチャンスを、もう一度もらえるのだから。

「わかった。俺を君のギルドに入れてくれ」

ガニアンが言うと、ラフィーは満面の笑顔を浮かべて言った。

「ようこそ、ガニアン。歓迎するわ」

そして手を伸ばしてくる。

ガニアンは立ち上がり、その華奢な手をぎゅっと握った。

こうして、ガニアンは新しいギルドで、再び研究に打ち込むことになったのだった。

●

ラフィーのギルド、「ラフィリア・スタンダード」は、街の発展とともに増えてきた縦長の建物に拠点を構えている。

街が発展し、人は増えていく。しかし、外壁に囲まれた街の外側に住居を増やしていくのは時間がかかる。そういう理由もあり、内側の既存の建物を増築することで、住めるスペースを増やすようになっていた。

そうして増えた石作りの建物たちが、この区画には特に多く立ち並んでいる。

ラフィリア・スタンダードのギルドスペースは、そんな建物の三階にあった。

それなりの広さはあるものの、ある程度の面積を研究設備に奪われているため、なんだか狭く感じられてしまう。

なんとか隙間を見つけ、事務作業全般を担うアリアドのデスクと、研究を行うガニアンのデスクが置かれている。

そして少し離れた位置には、ギルド長であるラフィーのデスクがあった。

ラフィーの従者と思われたアリアドだが、ここでは経理まで見ているという。もともとはレムネソ家で彼女のメイドとして仕えていたが、ギルド設立に合わせてついてきたのだ。

アリアドのデスクには、様々な書類がきっちりと分類されて揃えられている。物が多いながらも、しっかり整頓されていた。

逆にガニアンのデスクは乱雑で、実験用の機材だけでなく、何かしらの仮説などが書き散らされた紙までがｍごちゃごちゃとちらばっている。

若きギルド長ラフィーのデスクはといえば、可愛らしい小物が置かれている以外には、全体的に物が少なくすっきりとまとまっていた。

そんなところからも、すでにこのギルドは三者三様だ。

そして深夜になったころには、作業に熱中するガニアンだけが残っていた。

ラフィーとアリアドは、すでに自分の仕事を終えて帰宅している。

しかしガニアンは研究に打ち込むあまり、時間を忘れてしまっていた。

そして、こういうことは最近では珍しくない。もちろんラフィーに残業を命じられたのではなく、むしろガニアンが好き好んでやっていることだ。

彼の研究を応援すると言ったラフィーの言葉は、ガニアンが想定した以上に真実だった。

彼女はガニアンが必要とするものをできる限り揃えてくれるし、資金面でも全力でバックアップしてくれている。

予算不足でギルドの協力が得られずに滞っていた研究が、一気に加速したのだ。

そうなればもう、ガニアンは時間を選ばず、好きに研究に打ち込んでしまう。

新しい成果いつだって、深夜の熱中的作業から生まれてきた。ガニアンの経験である。

「うーあぁ……」

とはいえ、身体のほうにはいつか限界もくる。

ガニアンはのびをしながら、深く息を吐いた。

気持ちとしてはずっと研究していたいところだが、現実的にはある程度休憩を取ったほうが効率がいい。今日はこのあたりにしておくか……と思っていると、フロアのドアが開いた。

「あっ、ガニアンさん、遅くまでお疲れ様です」

そう声をかけてくれたのは、アリアドだった。様子を見に来てくれたのだろう。

彼女は元々からラフィーのお付きメイドであり、そのスキルを活かして、今はギルド内での細々としたこと全般を行ってくれている。

ガニアンが必要とする物の多くを手配してくれているのも、実質的には彼女だ。

さらには、研究バカで生活をおざなりにしがちなガニアンの、日々の面倒まで見てくれていた。

これはそもそもラフィーの提案によるもので、要はそのほうが研究が効率的に進むから、ということだった。なので、今はもう遠慮はしていない。

なにせ最初のラフィーは、もっとすごい意見だった。すでにギルド内の仕事があるアリアドではなく、ガニアンの面倒を見るだけの専属の人員を用意しようとさえしていたのだ。

しかし、そこでアリアドの優秀さが光った。事務をこなしながらでも、アリアドが担当したほうがいいと彼女自身が提案し、その通りになったのだ。

生活力がないとはいえ、一応はこれまでだって、ひとりで生きてこられたのだ。

ガニアンとしても、生活だけの専属というのは辞退しておいた。

「今日はどうしますか？　お夜食とか用意しますけど」

「いや、今日はもう休むことにするよ。いつも、ありがとう」

「そうですか」

ガニアンはさっそく、椅子から立ち上がる。

しかし、その途端に集中力のスイッチが切れたのか、疲れと共に軽い空腹が襲ってきた。

「やはり、軽めに何か作りましょうか？」

思わずお腹のあたりをなでると、アリアドがそう尋ねてくる。

「ああ、お願いしようかな。ありがとう」

素直に頼むと、アリアドは優しげな笑みを浮かべてくれる。

彼女はいつもガニアンに好意的で、いろいろと世話をしてくれていた。

貴族家に仕える者の仕事だからというのをふまえても、彼女はかなり面倒見がいい。

一度、その理由を尋ねてみたことがある。

すると彼女は、懐かしむように話してくれたのだった。

幼い頃から家族ぐるみでレムネソ家に仕えていたアリアドにとって、ラフィーは主人でありながら、妹のような存在でもあったらしい。

しかしそのラフィーは生まれつき、魔力がほとんどないのだそうだ。

そういう人はたまにいるし、直接に魔法を行使する技が廃（すた）れている現代では、それほど困ることはない。どのみち、みんな魔法なんて使えないのだから。

しかし過去には、一つだけ困ることがあった。

それが魔道具だ。

魔道具は呪文の詠唱や式の組み立てを、魔術師の代わりにやってくれるアイテムである。

それぞれの魔道具に刻み込まれた魔法だけではあるものの、誰でもすぐにその魔法が使えるというものだ。

しかし、それはあくまで詠唱や術式を簡略化できるというだけのこと。魔法を発動させるための魔力自体は、自分のものを使わなければならなかった。

そのため魔力が弱い人が昔の魔道具を使うと、普通の人よりも疲れやすかった。

ラフィーには生まれつき、ほとんど魔力がないとなると、多くの一般的な魔道具さえ扱えないということになる。

幸いにも貴族家のお嬢様なのだから、基本的には使用人にでも使ってもらえばいいし、本当に困る場面は少なかっただろう。

だが、自分だけが魔道具を使えないというのが、気持ちいいものでないことも確かだ。

そんな中で現れたのが、ガニアンの考案した魔石魔道具だった。

それはラフィーにとって、感動的な発明だった。

自分でも魔道具が扱える。

他の人がするのと同じように、なんの問題もなく魔道具が使えるのだ。

そのときのラフィーの表情を、ずっと覚えている、とアリアドが言った。

話を聞いたガニアンもまた、嬉しく思った。

自分の研究が、ちゃんと人を幸せにしていた。

それは研究者冥利に尽きる話だ。

ラフィーがガニアンを探し出してまでギルドに誘ったのも、根底にはそれがあるらしい。

そんな彼女たちの期待に応えたいと、あらためて強く思ったのだった。

家に戻ったガニアンは、アリアドの作ってくれた軽食を食べ終える。

ラフィリア・スタンダードに加入したときに、ラフィーの勧めで家も移っていた。

ギルドに近いほうが、便利だからだ。

「あまり根を詰めすぎて、身体を壊さないでくださいね」

「ああ、ありがとう。どうも、ついつい夢中になっちゃってな……」

心配して家までついて来てくれたアリアドに答えつつも、ガニアンはきっとまた、明日も研究に打ち込んでしまうことだろう。

「ご自分が思う以上に、疲れているものですからね。しっかりと休めるように、マッサージをして差し上げましょうか？」

「そんなこともしてくれるのかい？　……そうだな、お願いしようかな」

「はい♪」

ガニアンが言うと、彼女は嬉しそうにうなずいた。

ベッドに横になったガニアンに、アリアドはさっそくマッサージを開始していく。

「ん、しょっ……」

彼女はガニアンにまたがると、肩の辺りをぐっぐっと、押すようにマッサージしていく。

「ふぅ、んっ……」

ガニアンはその気持ち良さに、無言で浸っていた。

上からは、アリアドが力を込める声が聞こえてくる。

「やっぱり、あちこちが凝っていますね……」

「ああ……集中すると、姿勢を変えるの忘れるからよくないのかもな……」

ずっと同じ姿勢でいるから、どんどんと凝り固まってしまうのだろう。

反対に、アイデアが出ないときなどは歩き回ったりして、落ち着きなく動くので、かえって身体にはよさそうだ。

しかしここ最近は嬉しいことに、ラフィーやアリアドのおかげもあって、研究がうまく進んでいた。そのため、ガニアンは集中していることが多かったのだ。

そうこうするうちにマッサージは続いていき、ガニアンは快適さでうとうとし始めていた。

「ん、しょっ……」

アリアドの柔らかな手が、身体のあちこちを気持ち良くしてくれる。

そうしてリラックスしながらも、肌に伝わる彼女の体温や、あちこちに当たる女性的な身体を意識してしまう。

「ガニアンさん、次は足をマッサージしますね」

仰向(あおむ)けにされながら言われ、ガニアンは素直に従う。

彼女はつま先のほうから、徐々に上へとマッサージを行っていく。

その心地よさで安らいだところに、若い女性特有の甘やかな匂いが鼻腔に入り込んできて、興奮させてくる。

「あっ、ガニアンさん……」

アリアドは、その手を足の内腿に滑らせながら言った。

「ここ、大きくなっていませんか？」

「うっ……」

ぼんやりとしていたものの、意識すると確かな怒張を感じてガニアンが言葉に詰まる。

「研究に打ち込んでいて、溜まってしまったんですね……。溜めすぎはよくないですし、ここもマッサージして差し上げますね」

「あ、ああ……え、そこもっ？」

アリアドの提案は思わぬものだったが、マッサージでくつろぎ、理性が働いていなかったガニアンは、半ば本能のままうなずいてしまう。

「ふふっ……ご奉仕は私の仕事ですから。それでは、失礼します」

アリアドはそう言うと、ガニアンのズボンに手をかけて、下着ごと下ろしていった。

「あんっ♥　ガニアンさんのおちんぽ♥　勢いよく飛び出してきましたね」

解放されてそそり立つその肉竿に、アリアドのしなやかな手が伸びる。

「あぁ……熱くて硬いです。これが男の人の……ん、しょっ……」

「うぁ……」

にぎにぎと肉棒を触られて、ガニアンが声を漏らした。

「こんなに硬くして……ここも優しく、マッサージしていきますね。しーこ、しーこ……」

アリアドが優しく手を動かし、肉竿をしごいてくる。

弱めの刺激ではあるものの、美しいアリアドにしごかれているという状況も相まって、気持ち良さが蓄積していった。

「ん、ふぅっ……どうですか？　おちんちん、気持ち良くなっていますか？」

「ああ……すごくいいよ」

ガニアンは、元メイドさんのご奉仕の心地よさに身を任せながらうなずいた。

「ん、ふぅ……おちんぽって、こんなに逞しいものなんですね……しーこ、しーこ……血管も浮き出てて、ガチガチで……」

アリアドは感想を口にしながら、チンポをしごいていく。これまでのマッサージに比べるとたどたどしい手つきなのだが、それがまた不思議な興奮を呼び起こしてくるのだった。

「ん、しょっ……しーこ、しーこ……。すみません、ここへのマッサージは慣れてなくて……。硬いおちんぽ……私の手で気持ち良くなってくださいね……溜まってるもの、ぴゅっと出してしまいましょう」

「うぁ……」

アリアドに丁寧な言葉で射精を促され、ガニアンの興奮が高まっていく。

「こうして、おちんぽから精液を絞るみたいに……でいいんですよね、くにゅー♪」

「ああっ……！」

指先に順番に力を入れて肉竿を絞られ、ガニアンの口から声が漏れた。

「しーこ、しーこ……あっ、そういえば……男性っておっぱいでも癒やされるみたいですね。ガニアンさんもそうですか？」

「ああ……そう、かな……」

ガニアンは曖昧にうなずいた。

いきなりおっぱいと言われても……そう思いながら胸元に目を向けると、アリアドの爆乳が誘うように揺れた。

柔らかそうなその双丘。

男として、触れたいと思うのは当然だ。

「ちょと恥ずかしいですけど……えいっ……」

「おお！」

彼女は胸元をはだけさせる。

ぽよんっと揺れながら現れたその爆乳に、ガニアンは思わず歓声をあげた。

ボリューム感たっぷりの爆乳。そのたわわなおっぱいに目を奪われる。

「私の胸、どうですか……？」

「ああ、すごくいいな」

そう言いながら、ガニアンはそのおっぱいを見上げて手を伸ばす。

「あんっ♥」

「すごいな、指が沈んでいくみたいだ」

下から持ち上げるようにして触れると、むにゅりと、その柔らかなおっぱいに指が沈みこんでいく。

「ん、ガニアンさん、あっ……」

むにゅむにゅとおっぱいを揉んでいくと、アリアドがなまめかしい吐息を漏らした。

しかし胸を揉まれながらも、彼女は手コキを続けている。

「ん、ふぅっ……しーこ、しーこ……」

柔らかなおっぱいを楽しみながら、下半身でも刺激を楽しんだ。

「どうですか？　ん、ふぅっ……♥　ガニアンさん、癒やされてますか？」

「ああ、すごくいい気分だ」

美女の胸を揉みながら手コキをされている。それ自体がとても気持ち良く、精神的にも満たされていくようだった。

「嬉しいです。しーこ、しーこ、んっ、はぁ……♥　あっ、んっ……」

エロい吐息混じりで、優しく手コキを続けてくれるアリアド。

ガニアンはそんな彼女の爆乳を、思いきり揉んでいった。

「あっ……ん、はぁっ……ガニアンさん、ん、ふぅっ。そんなにおっぱいを揉まれちゃうと、私も、ん、あぁ……♥」

「エロい声が出てるな」

ガニアンが言うと、彼女は恥ずかしそうにしながら答えた。

「だって、ん、はぁっ……あぅっ……ん、そんなふうにえっちに触られたら、どうしたって気持ち良くなっちゃいますっ……♥　ん、あぁっ……」

むにゅむにゅと、続けておっぱいを揉んでいく。

「ん、しこしこしこっ♥　ガニアンさんのおちんちんも、んっ♥　いっぱい気持ち良くしちゃいますっ……あっ♥　ん、はぁっ……」

「うっ……」

勢いを増したアリアドの手コキに、射精欲が増していく。

「あぁ……♥　さきっぽから、とろとろしたお汁があふれてきました……♥　ガニアンさん、そろそろイキそうなんですね」

「ああ……そうだ」

「このまま、私の手コキで、んっ♥　気持ち良くぴゅーぴゅーしちゃってくださいね♪　しこしこしこしこっ♥」

「あ、うぅ……！」

速度を上げて追い込んでくるアリアド。

ガニアンは些細な反撃として、そんな彼女の乳首をいじった。

「ひうんっ♥　あっ、そこ、あっ♥　乳首、ダメです、んっ、はあっ♥」

「う、あぁ……」

乳首への快感で、彼女の手がきゅっと、肉棒を強く握った。

しごかれながらそのアクセントが入ると、一気に射精を促されてしまう。

「あっ♥ ん、はぁっ、しこしこしこしこっ♥ んぁ、ああっ、乳首つまんじゃダメですって、あっ♥ ん、はぁっ、ふぅっ……」

嬌声を上げながら、手コキをしていくアリアド。

「ほらぁっ♥ 出してください……んっ♥ 溜まってしまった精液、んっ♥ しこしこしこっ♥ びゅー、びゅー♪」

「あぁ、出る！」

彼女がしごきあげるのに合わせて、ガニアンは射精した。

「ひゃうっ♥ すごい勢いで、あっ、白いの、びゅーびゅー出てますね♥ 熱くてどろどろ……♥ あぁ……ほんとにこんなに」

飛び出した精液を見て、アリアドは楽しそうな声で言った。

「ふぅ……ん、はぁ……どうですか、ガニアンさん。すっきりできました？」

「ああ、満足だよ」

「あんっ♥ あ、そう言いながら、ん、おっぱいモミモミしないでください……ん、そんなにさわられたらぁっ♥ こんどは私がムラムラを抑えられなくなっちゃいますっ……」

そう言ったアリアドはとても色っぽく、ガニアンの欲望を煽った。

「あん、んっ……。男の人は、出してすっきりすると、えっちな気分じゃなくなるんじゃないんですか……？」

「どうだろうな……そういうこともあるかもしれないが……おっぱいは、そういうの抜きにしても気持ちいいからな」

「あんっ♥ もう、ん、はぁっ……」

そうは言いながらも、アリアドはガニアンに揉まれるがままなっていた。

彼女も快感に浸っていたいのだろう。

「あっ♥ ん、はぁ……ん、ふぅっ……」

むにゅむにゅとおっぱいを揉まれながら、アリアドがガニアンの股間へと目を向ける。

「あっ……♥ ガニアンさんたら、まだおちんちん大きなままじゃないですか……。いっぱい溜まっていて、一回じゃ出し切れなかったんですね♥」

そう言うと、彼女は妖艶な瞳でガニアンを見つめた。

「ね、ガニアンさん、今度は私のおまんこで、ガニアンさんのおちんぽ♥ マッサージして差し上げますね♪」

「おお……」

そう言って、彼女が腰を上げる。

下から見上げたガニアンは、彼女のアソコがもう濡れているのがわかった。

下着からしみ出してしまうほど愛液が出ている。

「あっ……♥　ん、ふぅっ……ガニアンさんは、そのまま仰向けになっていてください」

そう言って、アリアドはガニアンの上に股がってきた。

とぷんっ♥　と爆乳を揺らしながら、彼女は下着をずらしてしまう。

むわりとメスのフェロモンが香り、濡れたその陰唇がうすく口を開ける。

「あぁ……♥　逞しいおちんぽ♥　ん、ふぅっ……」

彼女の手が肉竿をつかみ、自らの割れ目へと導いていく。

「あっ……！　ん、はあっ、んぅっ……♥」

そしてそのまま。腰を下ろしてきた。

つぷっ……ちゅぶっ……と肉棒が愛液にまみれながら進む。

「いきますね……んあぁぁぁっ！」

そしてアリアドが腰を下ろし切ると、ミチチッと肉襞を裂くようにしながら、肉棒が蜜壺へと飲み込まれていった。

「あぁ♥　ん、はぁっ……あぁっ……ガニアンさんの、んっ、おちんぽが……んっ、私の中に、ん、はぁっ……♥」

彼女は腰を下ろした姿勢のまま、うっとりとガニアンを見つめた。

「あぁ、すごいです……あうっ、自分の中に、んっ♥　おちんぽが入るのって、こんな感じなんですね……」

彼女が小さく身体を動かすと、くちゅっと音がした。

「あぁ、熱くて太いのが、おまんこを押し広げて、あっ♥　ん、ふぅっ……」

アリアドのおまんこは、たっぷりの愛液をあふれさせながら、肉棒に絡みついてくる。

「あぁ♥　ん、はぁっ。ふぅっ……ガニアンさん、あっ、んっ♥」

体質なのか、アリアドは処女だったというのに、すぐに感じ始めているようだった。

「あふっ……♥」

挿入した姿勢で止まっているのも、初めて肉棒を受け入れるキツさによる痛みというよりも、挿入の感動と気持ち良さを味わっているようだった。

「ん、はぁっ……あぁ……♥　ガニアンさんと……繋がっちゃいましたね」

うっとりと声を漏らす間にも、膣襞がうねって肉竿を刺激する。

処女穴の狭さもあって、それだけでも気持ちがいい。

「あふっ、んっ……そろそろ、動きますね」

アリアドはゆっくりと腰を動かし始める。

「んっ、はぁっ、あっ、んうぅっ……ガニアンさん……♥」

アリアドは緩やかに腰を振りながら、ガニアンを見た。

「……ん、はぁ……♥　私の中で、いっぱい、気持ち良くなってくださいね……♥」

「ああ……くぅ」

腰を振るたびに、彼女の大きなおっぱいが柔らかそうに弾む。

その光景を眺めながら、ガニアンは快楽に身を任せていった。

「ん、はぁっ……ふぅ、んっ……」

自らの上で腰を振るアリアドの、淫らな姿をガニアンは眺める。

「あぁっ、んはぁっ……」

普段は落ち着いた雰囲気で、テキパキと事務仕事をこなしてくれる彼女。

「んぁ、ああっ……気持ちいいです、ん、はぁっ……♥　私の中に、あっ♥　ガニアンさんのおちんぽが、んうぅっ……！」

そんな彼女が、淫らに腰を振っているのはエロい。

「あっ♥　ふぅっ、んっ……」

アリアドは興奮にあわせるように腰を振り、その動きがだんだんと激しいものになっていく。

その激しさにあわせて、爆乳も弾んでいった。

「んはぁっ♥　あっ、ん、ふぅっ……！　あっ、あぁっ……！」

ガニアンは揺れるおっぱいを見上げ、半ば無意識に手を伸ばしていった。

「ひゃうっ、あっ、ガニアンさん、ん、はぁっ……」

ガニアンはそのおっぱいを下から揉んでいく。

「あふっ、はぁっ……。おまんこ突かれながら、おっぱい触られたら、私、あっ、だめぇっ……♥　ん、はぁっ！」

アリアドは快感に飲まれて乱れていく。

そんなドスケベ姿にガニアンは見とれながら、手を動かしていく。

「あぁ♥　ん、い、いくぅっ……♥　あっあっ♥　私、ん、はぁっ、気持ちよすぎて、イっちゃいますっ！」

「う、あぁ……きつい……」

蠕動する膣襞がさらに肉棒を締めつけ、ガニアンも思わず声を漏らしてしまう。

「あふっ、ん、あぁっ♥　ガニアンさん、あっ、私、もうっ、んぁ、イクッ、イクイクッ！　んくうううぅぅぅぅっ♥」

びくんと身体を跳ねさせながら、アリアドが絶頂した。

膣襞がぎゅっと肉棒を締めつけ、ガニアンも射精欲につき動かされる。

胸から手を離し、アリアドの細い腰をつかむ。

そして下からおもむろに、腰を突き上げていったのだった。

「んはぁぁあっ♥　あっ、ああっ……！　イってるおまんこ、んぁ、そんなに突かれたらぁっ♥　あっ、ん、はぁっ！」

「う、アリアド、あぁ……」

「気持ちよすぎて、んあはぁっ♥　イったばかりなのに、イっちゃいますっ！　あっあっ♥　ん、はあっ、あああぁっ！」

アリアドは嬌声をあげながら、ガニアンを見た。

その顔もまた、ガニアンをさらに滾らせる。すっかりと快楽にとろけた表情だ。

「んはぁっ♥　あっあっ♥　んくぅっ！」

ラストスパートで、激しく腰を突き上げていくガニアン。

「んはぁっ、あっ、イクッ！　またイクッ！　んは、ああっ！」

「う、俺もそろそろ出そうだ……」

「あぁっ、ガニアンさんっ♥　そのまま、んぁっ、私の中にも、いっぱい、いっぱいぴゅっぴゅしてくださいっ♥」

「ああ、いくぞ……！」

ガニアンは腰を突き上げると、そのまま膣内で射精した。

「んはぁぁぁぁっ♥　あぁっ、んはぁっ！　すごいっ、あっ、熱いの、私の中に、いっぱい、んぁ、ああっ……♥」

中出しを受けて、アリアドが再び絶頂する。

その絶頂の締めつけに絞られるまま、ガニアンは精液を吐き出していった。

「んはぁ、あぁ……♥」

なまめかしい息を吐き、快楽の余韻に浸っているアリアド。

ガニアンはそれを見上げながら、射精後の心地よい倦怠感に身を任せていた。

●

そうして、充実しつつも癒やしまである幸福な日々は過ぎ。

それからも献身的だったアリアドや、意外と頼れるギルド長ラフィーのサポートを受けて、望んだ研究を続けたガニアンは、ついにそれを完成させることができた。

長年の予算縮小によって、思いついてはいたが試せなかったアイデアを、遠慮なく実践に移すことができたのが、とても大きかった。十年分のアイデアだから、かなりの進歩だ。

そうなると新たな案も生まれてくるから、思いついてはどんどん試し、ダメならすぐ次に進む。

環境という点でいえば、予算のこともさることながら、新ギルド「ラフィリア・スタンダード」は機動力の面でも素晴らしいものだった。

大きな組織というのは、どうしても立ち回りが悪くなりがちだ。

申請し、予算が下りるとしても、課長であったガニアンから開発部門へ、そこから経理部門に流れ、やっとギルド長に……と、順繰りに話を回していかないといけない。

けれど少数精鋭のラフィリア・スタンダードでは、ガニアンが直接お願いし、すぐにラフィーが了承して、それで終わりだ。

しかもラフィーは全面的にガニアンを信頼してくれているので、あえて分かりやすくした「予算のための資料」を作る必要もない。

まあそこについては、チェック体制が甘すぎるのも必ずしもいいことではないが――スピード感については間違いがなかった。

そんな恵まれた環境のおかげでついに、ガニアンは新技術を完成させ、アリアドたちの助けもあって、その特許を取得したのだった。魔術師たちが日々生み出す技術は、しっかりとこの特許制度で守られている。どんな大手ギルドでも、手は出せない領域だ。

今回、ガニアンが新たに実用化レベルの技術を確立したのは、「魔石」の精製だった。

これまでの魔道具で使われていた魔石は、人間が作り出したものではない。

主には、ダンジョン内やモンスターから採れるもので、数が限られていた。

危険が伴う代わりに実入りがいいため、冒険者たちから魔石は供給され続けていたが、魔石魔道具の普及もあって、不足しがちだ。とくに、品質の良い魔石は高価になる。

そんな状況でガニアンは、人間自身の魔力から魔石を生成する技術を実用化したのだ。

おそらく、すぐにでも多くのギルドが飛びつき、魔石を生産し始めるだろう。

その特許料が入れば、ラフィリア・スタンダードは多額の収入を得ることができそうだった。

魔石の生産が安定すれば、価格も落ち着き、魔道具自体もより一般へと普及していくはず。

今でもそれなりに裕福な人間は魔石魔道具を多く利用しているが、魔石の価格を考えると手が出ない者は多い。庶民にはまだ、あれもこれも魔道具頼りとはいかない。

しかしこの魔石生成によって、新たな客層の開拓が始まるだろう。

魔石魔道具は、ますます市場を大きくしていくはずだ。

「本当に、すごいわね」

特許申請を終えた後、打ち上げの場でラフィーが言った。

「ラフィーが俺を拾ってくれて、研究の手助けをしてくれたおかげだよ」

ソジエンライツではまともに予算さえも出ず、環境もどんどん悪化し……ガニアンの研究はまるでうまく進まなかった。

ラフィーがガニアンを全面的に信頼し、必要なものを揃えてくれたからこそ、一気に好転したのだ。おかげで研究は完成し、こうして無事に特許申請もできた。

前のときはまだ若かったから、特許なんて考えもしなかったけど、こうして自分たちの技術として認められたのは、思った以上に嬉しい。

ガニアンの生みだした魔石魔道具は、さらに一歩先に進んだわけだ。

「ガニアンのおかげで、魔道具がもっとみんなに使われるようになるわね。……ガニアン、ひとまずは、お疲れ様」

そう言って、ガニアンを労うラフィー。

大仕事を——長年、様々な要因で上手く進まないままだった研究を終えたガニアンは、充足感とともに軽く燃え尽きたような気分になっていた。

ここしばらくは研究に熱中にしていたので、アリアドの助けはあっても、純粋に身体のほうは疲れている。

気持ちの区切りとともに、緊張の糸が切れたようにも感じられた。

「ガニアン」

ラフィーはそんな彼を見つめると、指差した。出会ったあのときのように。

「これから、忙しくなるわよ！　あなたにもガンガン働いてもらうんだからね！」

力強く言うラフィーを、ガニアンは見つめ返した。

「……ああ、そうだな」

そんなラフィーにまぶしさを感じながら、もうひと頑張りだなと、うなずくのだった。

●

ラフィーのおかげで、気力も盛り返したようだ。

研究で力を使い果たしたように思っていたガニアンは、決意を新たにすることができた。

特許料さえあれば、小さなギルドであるラフィリア・スタンダードは、問題なく運営していけるだろう。

出来たばかりで「鉄級」であったギルドも、今回の特許取得でまず「銅級」に昇格した。

魔石生成技術が安定し、普及すれば「銀級」にだって昇格するだろう。

それはまだ先のことになるだろうが、魔石生成技術がもたらす革新の大きさを考えれば、ほぼ間違いないとは思えた。

それだけの成果を上げたとなれば、ガニアンが燃え尽きるのもわりと普通のことといえる。

それを見抜いていたからこそ、ラフィーは彼を鼓舞し、そこで終わらせないようにしたのだろう。

いきなり新規ギルドへ誘ってきた出会いにしても、一見すると自分勝手というか、元気のままに突き進んでいるようなラフィーだが、その実、しっかりとガニアンのことを見てくれているようだった。

そんな彼女に拾われたおかげで、ガニアンはこうして研究ができ、結果を出せている。

それを思えば、ソジエンライツをクビになってよかったわけだ。

帰宅後。そんなことを思いつつ部屋でくつろいでいると、誰かが尋ねてきたようだった。

ノックの音にガニアンは立ち上がり、玄関へと向かう。

「ガニアンさん、ちょっとよろしいですか？」

聞き慣れた優しいアリアドの声。今日も食事でも持ってきてくれたのだろうか。

「ああ、うん」

しかしドアを開けると、そこに居たのはアリアドとラフィーのふたりだった。

アリアドはガニアンの生活の面倒をみてくれるため、よく部屋を訪れているのでわかる。

しかし、ラフィーがここに来たのは初めてだった。

「……とりあえず、中にどうぞ」

「失礼しますね」

ふたりを部屋に招き入れる。普段からそうするように、アリアドは自然とキッチンへ向かった。

お茶を淹れてくれるのだろう。

生活についてはアリアドに任せてしまっている部分が多いため、キッチンでの彼女の後ろ姿も、見慣れたものになっていた。

しかし見慣れたとはいっても、その魅力が色あせることはない。

キッチンに立つアリアドの姿は、なんだか心が温かくなる気がする。

ただそれと同時に……。

身体を重ねてしまったこともあり、その丸みを帯びたお尻に、安らぎではない思いもむくむくと膨らんできてしまう。

「ガニアン。あらためてお疲れ様」

「ああ、ありがとう。でも、ラフィーのおかげだ」

声をかけてきたラフィーに向き直り、ガニアンは続ける。

「まともに研究できなくて……くすぶっていた俺に、もう一度チャンスを与えてくれて、ほんとうにありがとう」

ソファーの隣に腰掛けたラフィーは、いつもよりおとなしい印象だった。

夜だからか、あるいは初めて入るガニアンの部屋に少し緊張しているのか……。

そんなことを考えた。

「あたしこそ……。ガニアンの研究を手助けできてよかったわ。それに、ギルドのことも……。あたしだけじゃ、何かを生み出すことはできないし」

ラフィーはガニアンを見つめ、少し照れたように目をそらして続けた。

スカウトされたときも、そしてガニアンを鼓舞したときも、変わらずにまっすぐに見てくれていたラフィー。まだ若いが、立派なお嬢様だと思う。

そんな彼女が顔を赤くして目をそらすと、その女の子らしさにドキリとしてしまった。

「それに……昔ガニアンの作ってくれた魔石魔道具のおかげで、あたしは初めて魔道具を使えるようになった。……今度の新しい技術でも同じように、もっといろんな人が普通に魔道具に触れて、便利に暮らせるようになったらいいなって」

「ああ……そうだな。俺もそう願うよ」

ガニアンはうなずいた。

かつて彼が開発した魔石魔道具は、確かにそれまで魔道具を使えなかった人の生活を楽にできただろう。魔力が少ない人、というのは年々増えてきてもいる。ラフィーがまさにそうだ。

世界が平和になって、暇な冒険者や兵隊が増えている。彼らがモンスターを狩ることで、一般人は戦わなくてもいいし、生き残りやすくなったからだとも言われている。

まだ世界が不穏だった頃は、魔術師も多くいたし、魔法を使える人間自体が多かったという。戦闘のプロでなくても、いざというときに身を守れるぐらいの力はあった。

魔法が使えないと、生き残ることそのものが難しかったのだ。

しかしそれはガニアンからみても祖父母以上の世代の話であり、彼が生まれたときには平和になった後だったので、実感はない。

魔術師ではあるが研究職であるガニアンだって、生きているモンスターは、研究用などで捕獲されたものしか見たことがない。

それすらもレアなことで、一般人がモンスターを見ることはないだろう。大抵は冒険者などが仕留めてくれた後の、素材として知っているだけだった。

そんな状況だから、これからはもっと、生まれつき魔力のない人間が増えていくだろう。

今はまだ、魔術師の魔力を魔石に移す段階だが、将来的には他の手段も生み出せると思っている。そういった柔軟性のある特許技術だ。

そうして魔石の供給が安定すれば、そういったみんなにも、ちゃんと魔石魔道具が行き渡る未来も、あるかもしれない。それはガニアンの夢でもあった。

「あたし、ガニアンにはとても感謝してるの。あなたのおかげで、あたしはいろんなことができるようになったから」

「そんなふうに言われると、くすぐったいな」

けれど、悪い気はしなかった。

自分の研究が人の役に立つのは、いつだって嬉しい。

そんなふうにふたりで話していると、アリアドがお茶を持ってきてくれた。

そうして、しばらくは三人でお茶を飲み、くつろいだのだった。

その後は、アリアドが風呂の用意までしてくれる。

「ガニアンさん、お風呂、そろそろ入れますよ」

「ありがとう」

お礼を言うとガニアンは立ち上がり、風呂場へと向かった。こうしてアリアドに世話をされているところをラフィーに見られるのは、少し恥ずかしい。

廊下を歩き始めると後ろから、部屋に残したふたりの声が聞こえる。

「さ、ラフィー様も――」

「そ、そうね！　せっかく――」

小さく聞こえた声も、脱衣所のドアを閉めると遮られる。

ガニアンはまずシャワーで全身を軽く流し、頭を洗った。

このシャワーも、魔石魔道具だ。

便利な魔導具はあっても、給湯完備の物件は設備費などが高くなりがちだ。

しかし、自分でお湯を沸かす手間を考えれば、そのほうが遙かにいい。

こういったことも、魔石の値段が下がれば価格が抑えられ、さらにみんなが手にできるものになるだろう。そう思いながら頭を洗い終えると、風呂場のドアが急に開く。

「ん？　うわっ……」

振り向いたガニアンは、目の前に広がる肌色に驚き、思わず声を上げてしまった。

「あっ、ちょっと、ふりむいたら――」

そこにはラフィーと、アリアドがいたのだ。

風呂場ということで、もちろんというか、裸である。

ラフィーはガニアンの視線を受けて、恥ずかしそうに自らの胸を手で隠した。

小柄で元気な印象――どこか幼さを感じさせるような彼女の、しかし決して幼くはない大きなおっぱいが、その手でむにゅんっとかたちをかえる。

乳首こそ隠せてはいるものの、柔らかそうにかたちを変えるその乳房は、むしろエロく見えてしまうのだった。かといって、隣で堂々としているアリアドの身体が目を引かないかといえば、そんなことはない。

隠すもののない、その魅力的なスタイル。

そしてなによりその爆乳は、どうしたって気になってしまう。

そんなふうに戸惑っていると、ふたりの美女が浴室に入ってきた。ガニアンが驚くのも無理はないだろう。しかしそんな慌てる彼をよそに、ふたりはそのまま近づいてくる。

「ほ、ほら、あっちを向いていてよ！」

「あ、ああ……」

ラフィーに言われ、ガニアンはおとなしく元の向きに座り直した。

風呂場の椅子に腰掛けていると、彼女たちの気配がすぐ後ろへと迫る。

「今日はお疲れ様って意味も込めて、私たちがふたりで、ガニアンさんのお背中を流そうと思いまして♪」

アリアドは、どこか楽しそうに言った。

彼女が楽しんでいるのは、ラフィーの反応か、ガニアンの反応か……どっちだろう。

「えっ……？」

思わず間抜けな声が出てしまったガニアンだが、アリアドはてきぱきと準備を進める。

「さ、こうしてしっかりと石鹸を泡立てて……」

「ん、できたわ」

「それではガニアンさん、まずは両側から、腕を洗っていきますね」

そう言って、アリアドとラフィーが左右からガニアンの腕に触れる。

女性のしなやかな手が、ガニアンの腕をなでるように、泡を塗りつけていった。

「ん、しょっ……」

「ガニアンの腕って、意外とがっしりしてるのね。男の人って感じがするわ……」

ラフィーはそう言いながら、腕をなでてくる。

洗うという名目なのだが、彼女の手は好奇心のままに動いているようだった。

そんなところもラフィーらしく、ガニアンは自然と笑みを浮かべてしまう。

「ん、ふぅっ……」

アリアドのほうは、丁寧にしっかりと腕を洗っていった。

器用な彼女は、こういったことも上手いようだ。

「ん、しょっ……どうですか、ガニアンさん。こうして洗われるの、気持ちいいですか？」

「ああ、ありがとう」

アリアドの言葉にうなずく。

「ん、腕は洗い終わりましたね。次は背中を……ラフィー様、こちらに」

「どうしたの？　ひゃうっ！　ちょ、ちょっと、アリアド！　なにを、あんっ♥　や、だめ、んぁっ……」

後ろから、急にラフィーの色っぽい声が聞こえたので、ガニアンは思わず振り向きそうになってしまった。

「殿方のお背中をお流しするときは、ここを使ってしっかりと、ですよ」

「えぇっ……こ、こんなの、恥ずかしいじゃない……」

「でも、きっと喜んでもらえますよ♪　さ、私と一緒に」

「わ、わかったわよ……」

そう言って、ガニアンの後ろでふたりが動く気配がする。

「いくわよ、えいっ」

「おぉ……！」

突然、ふにょんっと柔らかなものがガニアンの背中へと押しつけられた。

「ひゃうっ、これ、んっ……」

「ほら、ラフィー様、当てるだけじゃなくて、ちゃんと洗わないといけませんよ。こうして、んっ、ふぅっ……♥」

ガニアンの背中には、ふたりの大きなおっぱいが当てられていた。

柔らかな双丘がふたり分、むにゅむにゅと押しつけられている。

見えなくても、その魅惑的な感触ですぐにわかる。

ふたりの美女が今、自分の背中に胸を当てているのだ。

その状況に、ガニアンの興奮は増していく。

「あっ、これ、動くと、ん、はぁっ……♥」

「お背中、ぬるぬるー♪　ん、あぁ♥」

おっぱいが背中を擦るのに合わせて、彼女たちのなまめかしい声が耳元に流れてくる。

気持ち良くもエロい状況に、ガニアンの興奮は増していった。

「ん、しょっ……あっ♥　ん、ふぅっ……ね、ねえガニアン、気持ちいい？」

「ああ、すごくいいぞ」

「そ、そうなんだ……ん、ふぅっ♥」

素直に答えると、ラフィーは恥ずかしそうに言いながら、さらに動いてくる。

彼女のハリのあるおっぱいが、ガニアンの背中でむにゅむにゅとかたちを変えていく。

「ん、しょっ、ふぅっ♥」

「こうしてもっとはっきりと、むぎゅー♪」

アリアドも胸を押しつけてきて、爆乳が柔らかにガニアンの背中をこすっていった。

しばらくは、その気持ちがいいおっぱい洗いを楽しんでいると、満足したらしい彼女たちが一度離れた。

「さ、次は前ですね♪」

「ま、前って……み、見えちゃうじゃない……！」

「そうですね。ドキドキしちゃいますね♪」

楽しそうに言いながら、アリアドが声をかけてくる。

「さ、ガニアンさん、こっちを向いてください」

「……いいのか？」

ガニアンが確認を取ると、アリアドがいたずらっぽく言った。

「もちろんです♪　ね、ラフィー様」

「……そ、そうね……いいわよ……！」

「わかった」

ラフィーも了承したため、ガニアンは身体の向きを変え、ふたりに向き合った。

「あっ……♥」

「ふふっ♪」

恥ずかしそうにするラフィーと、楽しそうなアリアド。

ふたりの、泡まみれのおっぱいが目に入る。先程まで、あのたわわな果実で背中を擦られていたのだ。目にすると、なおさら昂ぶっていく。

前は着衣のままのご奉仕だったから、アリアドのおっぱいも、はっきりと見るのは初めてだ。

お嬢様であるラフィーのおっぱいも、若々しくツンと上向いている。

「あっ、ガニアン、それ……わぁっ……♥　んっ……」

「あらあら♪」

美女ふたりのおっぱいを堪能し、当然、ガニアンの肉棒はそそり勃っていた。

ふたりの視線が、その勃起竿に向けられる。

「ガチガチになっている逞しいおちんぽ♥　しっかりと洗わせていただきますね、ガニアンさん。さ、ラフィー様もいっしょに」

「そ、そうね……」

そう言って、ラフィーが手を伸ばしてくる。

「ひゃっ♥　あ、これって、すごく熱くて……硬いのね……」

「あう……」

ラフィーは泡まみれの手で肉竿を握ると、そのまま硬さを確かめるかのように、にぎにぎといじってくる。

「これがガニアンの……お、おちんちん……なのね……」

ラフィーはそう言いながら、手を小さく動かしていく。

「うぉ……ラフィー……」

泡まみれの手がヌルヌルと肉棒をしごくのは、気持ちがいい。

「これ……気持ちいいの？　こうやって、おちんちん、ぬるぬる洗うのが……」

「ああ……すごく」

「そうなんだ……あぅっ、あたし、ガニアンのおちんちん、さわっちゃってるんだ……♥　大きくて、はりつめたおちんちん……」

ラフィーがぎこちなくも、泡まみれの手で肉竿をいじっていく。貴族のご令嬢に、こんなことをさせていいのだろうか。

そんな気持ち良さに、ガニアンはひたっていった。

胸を当てられているのも充分に気持ち良かったが、肉竿をいじられる直接的な刺激は、やはり快感が大きい。

「ふふっ、このまま手でするのもいいですけど……ガニアンさんはおっぱいで大きくしちゃったのですし、おちんぽもおっぱいで洗ってあげましょう」

「お、おっぱいで……？」

アドリアの提案に、ラフィーが赤い顔で尋ねた。

「そうです♪　ラフィー様、こうしておっぱいで、ガニアンさんの逞しいガチガチおちんぽ♥　むぎゅー♪」

「おぉ……これはさすがに……」

アリアドの胸が、肉竿に押し当てられる。

「こ、こうかしら……むぎゅー」

「う、あぁ……」

反対側からも、ラフィーが挟み込むようにおっぱいを押しつけてきた。

裸の美女ふたりが、その豊満な胸を肉棒に押しつけている。

その興奮と気持ち良さに、ガニアンは息をもらした。

柔らかなおっぱいに包み込まれ、濡れた肉竿が刺激されていく。

「ほら、おっぱいに包まれて、ガニアンさん、とっても気持ち良さそうですよ」

「これがいいの？　むぎゅぎゅっ……」

ラフィーがガニアンの様子を見ながら、さらにおっぱいを押しつけてくる。

「ああ、すごくいいな……これは、うっ……」

左右からおっぱいに圧迫される気持ち良さはもちろん、美女ふたりが胸を寄せ合っている光景も、ものすごくエロい。

「ん、しょっ……こうしてふたりで挟みながら、おっぱいを動かして……」

「あんっ、アリアド、それ、あたしまで、んっ……」

むにゅっ、たぷんっとおっぱいが動き、ぬるぬると肉棒を擦りあげてくる。

泡まみれのおっぱいに挟まれて、肉竿は為す術なく高められていった。

「あ、あたしも動くわよ……えいっ♪」

「んっ♥　ラフィー様、いい感じですね……ん、しょっ」

「あぁ……ふたりとも……」

ぬるぬるの巨乳に挟み込まれ、しごきあげられて、ガニアンが声を漏らした。

「あぁ、すごい……おちんぽ、胸をぐいぐい押してきて……むぎゅー」

「うぁ……」

ラフィーがむぎゅむぎゅと、肉竿を刺激してくる。

「私も、えいえいっ♪」

それにあわせるように、アリアドも胸を弾ませた。

「あんっ、もう、そんなに動かすとあたしまで、んっ……」

おっぱい同士がこすれ、ラフィーも気持ち良さそうな声をあげる。

彼女のそんな姿に、ガニアンはつい見とれてしまう。

「ラフィー様……えいっ♪」

「ひゃうっ♥」

それを見たアリアドは、むしろラフィーの胸にこすりつけるように動いていった。

「あっ♥　ちょっ、んっ……あたしも、えいっ」

「きゃっ♥」

「おお……」

ふたりの美女がおっぱいを押し付け合い、愛撫し合う姿というのはいいものだ。

その光景だけでもエロく興奮する。

それに加え、そんな桃源郷にチンポを挟まれているとなれば、我慢できるはずもなかった。

「あっ……おちんぽから、何か出てたわ。ほら……」

「あら、我慢汁ですね♪　男の人が気持ち良くなると、精液より先に出てくるものです」

「……じゃあ、そろそろイキそうなの？」

ラフィーが上目遣いに尋ねてくる。

「ああ……そうかも」

「そうなんだ……♥」

ガニアンがうなずくと、ラフィーは顔を赤くしながら、さらに大胆に動いてきた。

「いいわよ……このまま、あたしたちのおっぱいでイっちゃいなさい♪」

「う、あぁ……」

「私も、えいえいっ、むぎゅー♪」

ふたりがさらに胸を寄せて、肉棒を追い込んでくる。

むにゅむにゅ、ぎゅぎゅっと、美女ふたりの大きなおっぱいに包み込まれ、しごきあげられていくと、すぐに精液がせり上がってくる。

「う、そろそろ……!」

「いいですよ、さ、そのまま、きもちょくぴゅっぴゅっしちゃってください♪」

「しゃ、射精するのよね……♥　ん、えいっ♥」

「う、出るっ!」

ガニアンはたまらず、ふたりのパイズリで射精した。

「きゃっ♥」

「ああ……すごい勢い♪」

乳圧に押し出されるようにして白濁が放出し、ふたりへと降り注いでいく。

「あぁ、なにこれ……熱くて、ねばねばして……♥　ガニアンのこれ、なんだかすごくえっちな匂いぃ……♥」

「濃いのが、いっぱい出ましたね♪」

「……そうだな、すごくよかった……」

美女ふたりのパイズリ奉仕で射精だなんて。

こんな豪華なこと、そうそうないだろう。

ガニアンはその、幸せな虚脱感に浸っていた。

「ふふっ、ガニアンさんはそのままノンビリしててくださいね……こうして、泡を流して……」

アリアドがシャワーを使い、後始末をしてくれる。

泡とともに精液も洗い流され、あとにはすっきりした状態だけが残った。

「さ、もう大丈夫です。しっかりと湯船で温まってくださいね」

「ああ、ありがとう……」

「ラフィー様はどうされます？　ガニアンさんと一緒に、湯船で温まりますか？」

アリアドに尋ねられたラフィーは、赤い顔でガニアンを見つめてちょっと迷った後、首を横に振った。

「きょ、今日はいいわ……。いきなりいろいろは、刺激が強すぎるもの……。まだドキドキしてる……。だから、それはまた今度ね」

そう言って、ラフィーは先に風呂場を出ていった。

「あらあら……それではガニアンさん、ゆっくりと温まってくださいね」

「そうだな……」

ガニアンはぼんやりと答えつつ、湯船へと向かったのだった。

# 第三章　シューラとの再会

魔石生成技術は瞬く間に世間の評判を呼び、ラフィリア・スタンダードは多額の特許使用料を受け取っていた。

魔石生産は、これから大きく発展していくだろう。すでに魔石魔道具を生産しているギルドからすれば、既存商品の強化という点でも歓迎することだ。

そして市民たちの間では、これまでなかなか手を出しにくかった魔石が、庶民向けの価格で手に入るという期待に満ちていた。

ラフィーがうまく宣伝を行い、市民の期待を煽ったことで、大手ギルドもその熱量を感じたのか、交渉を申し込んでくる。

かつて魔石魔道具を発明したガニアン本人の新発明であるという点も、ラフィーはもちろん強調し、それも上手くいっているようだった。

魔石魔道具は、すでに金持ちの間ではスタンダードになっている。

価格さえ下がるなら、これまでは魔石を使いづらかった魔道具も、新たに魔石型へと変わるだろう。そのことで得られる利益の大きさは、どんなギルドでも簡単に予想できる。

このチャンスに乗ってくるギルドは多いはずだ。

規模の大きなギルドはすぐにでも工場を作り、魔力の豊富な魔術師を雇って、魔石生産を行いはじめるだろう。

「本当に、発表してからはすごい勢いね」

日々行われる申請や、特許によって入ってくる見込みの金額を通知した書類を眺めて、ラフィーが言った。

「ああ。こんなにすごいとはな……」

ガニアンとしても、必要とされる技術だとは思って開発していたものの、ここまで求められるものになるとは考えていなかった。

きっと、ラフィーの売り出し方もよかったのだろう。

そもそもラフィリア・スタンダードが、創設直後の弱小ギルドでありながら、いきなり潤沢な予算を使って開発ができたのも、ラフィーとレムネソ家の力だ。

新技術が懐疑的な目で見られず、比較的あっさりと受け入れられたのも、貴族家の後ろ盾ゆえだろう。

商人としても名が通っているレムネソ家の保護下ということで、どんな交渉の場でも、適当に扱われることはまずなかった。

技術が良いものであるのは大前提として、初動でもっとも難しいのは、その最初の一歩にあたるところだ。

そこを問題なく乗り越えられたのは、大きい。

と、そんなわけでラフィリア・スタンダードは、日に日に慌ただしくなっていったのだった。

元々、このギルドは小規模なので、研究中の簡単な実験などは、ガニアンの判断で他ギルドに依頼を出していた。そういった外部への発注も、さらに増えている。

特許部分は安心なので、ガニアンも隠さすアイデアを話し、技術者同士の交流も真剣に行われていた。

と、そんなラフィリア・スタンダードにある日、尋ねてきた女性があった。

「先輩！　ここにいたんですね」

「シューラ？」

そこにいたのは、後輩のシューラだった。

「ちょっと応接スペースを、借りていいかな？」

ギルド内は相変わらず狭い。ガニアンが声をかけると、アリアドがうなずいてくれた。

「お茶を淹れますね」

「ありがとう」

アリアドは奥の給湯室へと向かう。

ガニアンとシューラは、テーブルを挟んで向かい合うように座った。

小さなギルドであるため、応接スペースもたいした幅ではない。

室内の一部をパーテーションで区切り、そこにテーブルとソファーを並べただけの場所だ。

しかし、ラフィーが実家から持ち込んだのか、それなりにいいソファーであるため、座り心地はよかった。

「急にどうしたの？　ガニアン」

ほどなくして、ラフィーが様子を見に来た。

狭いから、誰か来ればすぐわかるし、俺とシューラの様子からも、堅苦しい相手ではないことを感じ取ったのだろう。

そんなラフィーに、シューラを紹介する。

「ああ、彼女は前のギルドにいた頃の後輩で、商品開発部門のエースだよ」

「へえ、ガニアンの後輩なのね」

ラフィーは興味津々、というようにシューラを見ながら言った。

「それなら、あたしもお世話になってたかもね」

「ああ。シューラは家庭用の魔道具開発の中心だったからな。ラフィーが使っていた魔道具にもきっと、シューラが企画したものがあったと思うぞ」

「そうなのね！」

ラフィーは、目をきらきらとさせながら言った。

彼女はやはり、自分の生活を変えてくれた魔石魔道具に好意的みたいだ。

そんなラフィーを、今度はシューラに紹介する。

「ラフィーは、ここのギルド長なんだ。クビになった俺を拾ってくれて、研究資金を出してくれた」

「そうなんですね。初めまして」

シューラは柔らかな笑顔で言った。

こうして見るとあらためて、シューラも大人になったんだな、と感じる。

若く元気なラフィーは、かつてのシューラとちょっと似ているかもしれないな、とも思った。

（ちょっと犬っぽくかまってくるところとかもな……）

ふたりより年上のガニアンは、したり顔でうなずく。

そんなことを考えていると、シューラが話しだす。

「先輩のこと、けっこう探したんですよ」

「ああ……いきなりギルドを追い出されたからな……」

突然クビになり、しかも仲間には事情を話さずに去れ、と言われたガニアンだ。

予想外のことにぼんやりとしたまま、言われたとおりにこっそりギルドを去ってしまった。

ラフィーに拾われてからは一気に状況が変わったこともあり、他の人からすれば行方不明に近い状態だったのだろう。連絡手段が直接会うか手紙しかない、という環境も大きい。

街の中だってそれなりに広いし、ギルドという接点がなくなってしまうと、会うのはなかなかに困難だ。そういえば、引っ越しもしている。

そもそも、ソジエンライツは大所帯だったから、部署が違うと顔を合わす機会もほとんどなかったくらいだ。

田舎ならまた違うのだろうが、この街のように人が集まり発展していると、人間関係にもある種のドライさがある。

ガニアンのような、集中しだすと他がおろそかになってしまうタイプには都合の良い面もあるが、今回はそれがよくなかったかたちだ。

「魔石生成技術の話が伝わってきてから、ようやく見つけられました」

「ああ、そうか……」

有名になることで、思いがけず、無事を知らせることもできたのかとガニアンは思った。

「先輩の名前があったから、あっちのギルドの中も、結構ざわついてましたよ」

「そうだろうなぁ……」

ソジエンライツからしてみれば、長年成果を出せずクビにした男が、他のギルドに入った途端に名をあげたわけだからな……。

経理部門もギルド長も、慌てていることだろう。

そもそも一方的な理由で追い詰められたあげくに、ガニアンが切られたのだが……彼らがそれを認められるようなタイプとは思えなかった。

「それもありますが、先輩を半ば秘密裏に追い出したことが、研究者の間でもかなり不信感を生んでました。それを知って、他のギルドに移ったメンバーも割といたみたいなんです」

「そうなのか。なるほどな……」

結果を出せなければガニアンのように、周りから切り離した上でひっそりとクビにされるとなれば、危機感を抱くのも当然だろう。

ガニアンはかつて魔石魔道具を開発し、ソジエンライツの金級昇格に大きな貢献をした人物である。そんなガニアンですらひどい切られ方をするとなれば、どれだけ今結果を出していても、明日は我が身になりかねない。

技術者にはガニアンを慕ってくれている者も多かったので、そこに対する怒りもあるのだろうか。

「ね、それならあなたも、うちにこない？」

大人しく聞いていたラフィーが突然、シューラに言った。

「シューラは、具体的な商品開発をしているのでしょう？　しかも、ガニアンが認めるくらいの腕がある。うちも特許収入だけじゃなく商品開発をしたいし、うってつけの人材じゃない？」

「いいんですか？」

シューラがすぐに食いついた。その勢いに、ガニアンはちょっと驚く。

「先輩がいるギルドなら、わたしも嬉しいです」

「よし、じゃあ決まりね。シューラは、できるだけ早くうちにきて」

「はい！」

そうしてうなずいたシューラが、ガニアンのほうへ向く。

「これでまた一緒に働けますね、先輩」

「ああ、そうだな」

そこについては、ガニアンも嬉しく思う。

「そうとなればさっそく――シューラ、ちょっと時間ある？　ガニアンは仕事に戻るけど、あたしとお話ししない？」

「はい。今日は予定もないので、大歓迎です」

「じゃあ、ちょっと出てくるわね」

そう言って、ラフィーはシューラを連れてオフィスを出ていった。

相変わらず、スカウトとなるとすごい勢いだな……とラフィーを見てガニアンは思う。

「ガニアンさんは、慕われてますね」

そんな彼に、アリアドが声をかけた。

「嬉しいことだな」

そううなずいたガニアンは、仕事に戻ることにしたのだった。

●

そして夜になると、シューラがガニアンの部屋を訪れてきた。引っ越し先を聞いたらしい。

「先輩、お邪魔しても大丈夫ですか？」

「ああ、もちろん」

ガニアンは彼女を迎え入れる。

「ラフィーから、先輩がソジエンライツを去った後のこと、いろいろと聞きました」

「そうか」

ガニアンは短くうなずく。

ラフィーに拾われてからは、基本的に研究の日々だ。

これまでの飼い殺し状態を取り戻すかのように研究に没頭し、魔石生成技術を完成させた。

「だから、わたしも頑張ろうと思うんです」

シューラはそう言うと、ガニアンに近寄った。ガニアンはそんな彼女を見つめる。

「ラフィーとも仲良くなれそうだし、これからが楽しみです♪」

そう言ったシューラは、そのまま自らの手をガニアンに重ねた。

「先輩、んっ……」

顔を近づけた彼女が、キスをしてくる。

ガニアンは彼女を抱き寄せると、もう一度キスをした。

「ん、ちゅっ……」

そっと抱きしめると、シューラの大きな胸がガニアンに当たる。

その柔らかさは、安心感と興奮を湧き上がらせてきた。

「せんぱい……♥　んっ……ちゅっ、れろっ……」

そして舌を伸し、絡めてきた。ガニアンはそれに応えて、舌先で彼女をなぞっていく。

「んむっ、ちゅっ……れろっ……」

唾液を交換しながら、互いの舌を愛撫していく。

「んむっ、れろっ……少し……んむ……寂しかったです♥」

舌を絡め合い、互いに高め合っていく。

「せんぱい……ね♥」

彼女の手が、ガニアンの身体をなぞった。

背中から正面へと周り、その胸板をなでる。

そしてお腹を通過して、下半身へと。

「ここ、大きくなってますね……ちゅっ♥　わたしと触れあって、れろっ……興奮してくれたんですね……♥」

「ああ……」

ガニアンは短く答えると、そんな彼女のお尻へと手を伸ばしていった。

「んっ……先輩……♥」

シューラは色っぽい声を出しながら、ガニアンのズボンへと手をかける。

かがみ込むと、下着ごとズボンを下ろしていった。

「あぁ……♥　せんぱいのおちんぽ♥　もうこんなに逞しく」

「うっ……」

彼女は膝立ちのまま、そそり勃つ肉棒をなでた。

「やっぱり、熱いですね……♥」

そうして優しく握ると、軽く手を動かしてきた。

「こんなに大きくなってしまったせんぱいのここ……わたしが気持ち良くして差し上げますね……ちゅっ♥」

「おうっ……」

肉竿に顔を寄せると、そっとキスをしてきた。

柔らかな唇が亀頭に触れ、ガニアンは気持ち良さに声を漏らす。

「ん、先輩がいきなりいなくなって、ほんとうに寂しかったんですから……」

「すまんな……」

ソジエンライツをクビになったガニアンは、呆然としたまま、姿を消してしまった。

連絡を簡単にとる手段がないというのは確かだが、クビを切ってきたソジエンライツに従う理由はなく、絶対に伝えられないわけではなかった。

シューラに合わせる顔がない、と思った部分があったのも確かだ。

「だからその分、今日からはいちゃいちゃしちゃいます♥」

そう言ったシューラは、さらに舌を伸した。

「れろぉ♥」

そして大きく、裏筋のあたりを舐めてくる。

「ぺろっ、ちろっ……せんぱい……わたしのお口で、れろっ……いっぱい感じちゃってくださいね。

ちゅぱっ……！」

「くっ……そこは」

シューラの舌が器用に動き、肉竿を舐めてくる。

「れろっ、ちろっ……」

ガニアンは抵抗せず、その気持ち良さに身を任せていった。

「ぺろっ、ちゅっ……♥　せんぱいの逞しいおちんぽ♥　れろっ、ちゅぱっ……こうして舐めていると、どんどんえっちな気分になっちゃいます……♥」

シューラは肉竿を舐めながら、支える手を軽く動かしてきた。

「ん、しょっ……れろっ、ちゅっ……せんぱいのおちんぽを咥えるように……あーむっ♪」

「おぉ……そんな」

シューラの口がぱくりと、亀頭全体を咥えこんでくる。

美女の温かな口内に包み込まれ、その舌が男根を舐め回してきた。

「んむっ、れろっ、じゅるっ……」

彼女は肉棒を舐め回しながら、ガニアンを見上げた。

「どうですか、先輩。れろっ♥　ちゅぱっ……おちんちん舐められるの、れろっ、ちゅっ♥　気持ちいいですか？」

「ああ、すごくいいな……」

「そうですか♪　それじゃもっと……れろろろっ！　じゅるっ、ちゅぱっ！」

「うぁ……」

シューラは嬉しそうにすると、さらに勢いよく肉棒を舐め回していく。

あまりの気持ち良さに、ガニアンはされるがままだった。

「あむっ、れろっ、ちろっ、ちゅっ……♥」

シューラはそのまま、ガニアンの様子を確認しながらフェラを続ける。

「んむっ、ちゅぱっ、れろ……この、先っぽのところを、ちろろろっ……」

「シューラ、うぁ、それ……！」

「これが気持ちいいんですか？　れろろっ、ちろっ、ちゅぱっ♥」

鈴口をなめ回してくるシューラに反応すると、彼女はさらにそこを集中しって責めてくる。まだ初々しい愛撫だが、そこもたまらなかった。

「れろっ、ちろっ、ちゅぅ……あぁ、先輩、れろっ……おちんぽのさきっぽから、れろっ、先走りがあふれてきました」

「我慢……無理だよ」

シューラは嬉しそうに報告し、今度は先端を舌先でいじりつつ、頭を動かし始める。

彼女の唇が幹をしごいていき、とても気持ちがいい。

「あむっ、じゅぷっ、れろっ……」

頭を前後に動かしながら、肉棒を奥まで飲み込んでいくシューラ。

口いっぱいに肉竿を頬張る姿はエロく、ガニアンを興奮させていった。

「れろっ、しゅぽっ……ちろっ……♥」

もちろん、舌先のほうも変わらず肉棒を舐め回してくる。

「もっと激しく動いて、搾り取っちゃいますね……んぶっ、じゅぼじゅぼぼっ♥　れろっ、ちゅぱっ、ちゅうぅっ♥」

「う、あぁ……！」

ピストンしながら、今度はバキュームしてくるシューラ。

急な快感の大きさに、思わず腰を引こうとしてしまった。

しかし彼女はそんなガニアンの腰をつかむと、自分のほうへと引き寄せて、さらに激しく吸いついてくる。

「せんぱい♥　じゅぼぼぼっ！　んむ、ちゅぱっ！　おちんぽ♥　奥まで咥えこんで……じゅぶぶっ、じゅぼぼっ！　どうですか」

「あう、そんなにされたら、もう出る……！」

ガニアンが言うと、彼女は妖艶な笑みを浮かべながら言った。

「いいです……ん、じゅぱっ♥　わたしのお口で気持ち良くなって、じゅぶぶっ♥　びゅっと射精しちゃってくださいい♪」

「ああ……ほんとに、でる！」

チンポを頬張りながら笑みを浮かべるシューラは、かわいくもエロく、ガニアンの射精欲が増していく。

「じゅぶぶっ♥　せんぱい♥　んぁ、じゅぽっ。わたしのフェラで気持ち良くなって、お射精してくださいい♪」

可愛らしいおねだりを言うシューラだが、そんな可憐さとは裏腹にフェラは激しさを増して、肉竿を責めてくる。

「じゅぶぶぶっ！　じゅぼじゅぼっ♥　ちゅぱっ、じゅるっ……じゅぼぉっ♥　じゅぶじゅぶっ、じゅるるるるぅっ！」

「ぐ、出るぞっ……！」

ガニアンはそのバキュームピストンに耐えきれず、射精した。

「んむっ、ん、ちゅううぅっ♥」

跳ねながら精液を放つ肉竿に、シューラは吸いついてくる。

「んむっ、んくっ、じゅるっ♥」

そしてそのまま、精液を飲み込んでいった。

「ん、んくっ、じゅるっ、ちゅぅ♥」

「あぁ……吸われてる……」

射精が終わった後も、彼女は残った精液まで吸い出すかのように口を動かす。

その気持ち良さに、ガニアンは声を漏らした。

「ん、んくっ……あふぅっ♥」

そして精液をしっかりと飲み終えると、ようやく肉棒を口から離した。

「先輩、いっぱい出ましたね……♥　わたしのフェラ、気持ちよかったですか？」

「ああ、すごくよかった」

「あふぅっ♥」

ガニアンが言うと、シューラは満足そうに言いながらも、もじもじとしていた。

「先輩のおちんぽ咥えて、精液を飲んだら……んっ♥　わたしもすごくえっちな気分になっちゃいました……♥」

そう言って、ベッドに上がるシューラ。

「ね、先輩……♥」

彼女は四つん這いになると、お尻を誘うように振ってくる。

フリフリと揺れる丸いお尻。

彼女の大切な部分はもう濡れており、愛液がしみ出しているのがわかった。

濡れて張りついた布が、女の子の割れ目をはっきりと示してしまっている。

その姿はとても淫靡で、ガニアンの本能を刺激した。

「シューラ……」

ガニアンは彼女のお尻をつかむと、その布をずらして、彼女の秘められた場所を露(あらわ)にしてしまう。

「あんっ……♥」

ふわりとメスのフェロモンが香り、濡れた蜜壺が軽く口を開いて期待していた。

ガニアンは衰えることなくそそり勃つ肉棒を、その膣口へと押し当てる
「いくぞ」

「はい、せんぱい♥　きてください……」

その言葉を聞いて、ガニアンはゆっくりと腰を進めた。

「あっ♥　ん、はぁっ……あぁ！　せんぱいの、んっ♥　おちんぽ♥　わたしの中に、ん、ずぶず

ぶ入って、んあぁっ！」

シューラは気持ち良さそうな声をあげながら、肉竿を受け入れていく。

「先輩、あっ♥　ん、はぁっ……」

熱くうねる膣襞が、久しぶりの再会を喜ぶように肉棒に絡みついてくる。

「あふっ、先輩のおちんぽ、やっぱりすごいです、ん、はぁっ……♥」

一度身体を重ねてから間が空いてしまった分なのか、その蜜壺はしっかりと肉棒を咥えこみ、歓待してきた。

「あぁっ、ん、はあっ……わたしの中で、あっ、おちんぽが、んぅっ♥」

蠕動する膣襞の気持ち良さに、ガニアンの肉竿も高められていく。一度出しておいてよかったな、と思うほどの快感を覚えながら、ガニアンはゆるやかに腰を動かし始めた。

「んはぁっ……あっ♥　ん、はぁっ……」

ぬぷっ、じゅぽっ……と卑猥な音を立てながら、剛直が膣粘膜を擦りあげていく。

「あぁっ♥　ん、ふぅっ……」

亀頭が往復するたびに、きゅっきゅと反応する膣襞。

「んはぁっ♥　あっ、ん、先輩、んぁっ……」

ガニアンが腰を振ると、シューラの口から嬌声があふれてくる。

「あぁっ♥　ん、はぁ、先輩の、ん、おちんぽが、奥まで、んぁっ……」

膣襞がさらなる快楽を求めるかのように、ぎゅっと絡みついてくる。

その締めつけを心地よく感じながら、ガニアンは抽送を続けた。

「あふっ、んんん、あぁっ……。せんぱい、あっ♥　ん、はぁ……」

嬉しそうに声をあげる彼女に、ガニアンの興奮も高まり、さらに激しく腰を動かしていった。

「あっ♥　んはぁっ、ああっ……！　すごい、ん、おちんぽ、パンパンって、わたしのおまんこを、んはぁっ！」

ピストンの勢いが増すのに合わせて、シューラの嬌声も高まっていく。

「あふっ！　ん、はぁっ♥」

四つん這いで気持ち良さそうに感じているシューラに、ガニアンは腰を打ちつけていく。

「あぁっ！　んはぁっ♥　あっ、ん、ふうっ……♥」

「シューラ、すごい吸いついてきてる……」

「あぁっ♥　ん、はぁっ……わたしのおまんこが、んぁ、先輩のおちんぽを求めちゃうんですっ♥　んぁ、ああっ！」

「う、あぁ……！」

シューラが興奮気味に言うのと同時に、膣襞が肉棒をさらに刺激してくる。

秘穴独特の気持ち良さを感じながら、ガニアンは激しいピストンを繰り返した。

「ああぁっ♥　んはぁ、あっ、んうぅっ、先輩、わたし、んぁ、もう、だめぇっ……♥　イクッ！　ん、あぁっ……！」

「ああ……好きにイっていいぞ……ほら、うっ……！」

ガニアンは言いながら膣襞を擦りあげ、蜜壺を存分にかき回していく。

「わたし、んぁっ！　イクイクッ！　んくうぅぅぅっ！」

びくんと身体を反応させながら、シューラが絶頂した。

その瞬間、射精を求めて膣襞がぎゅっと肉棒を抱きしめてくる。

蠕動する襞に吸いつかれ、ガニアンの興奮も高まった。

その興奮に突き動かされるまま、ガニアンはピストンを続ける。

「んはぁぁぁっ！　あっ、んあぁっ♥　イってるおまんこ、んぁっ♥　そんなに……激しくされたらぁっ♥　んはぁっ！」

絶頂おまんこを往復されて、シューラがはしたないほど嬌声をあげていく。

「んはっ！　あっ、んぁっ♥　せんぱいっ♥　あぅっ、おちんぽがズンズン突いてきて、んぁ、あっ！」

「うっ……たしかにすごい締めつけだ……」

「せんぱい♥　あっあっ♥　またイクッ！　イったばかりなのにぃっ♥　わたし、んぁ、気持ちよすぎて、頭真っ白になっちゃうっ♥」

「う、ああ……！」

うねる膣襞にきゅうきゅうと吸いつかれ、ガニアンの肉棒も射精の準備を始めてしまう。

「あぁっ♥　おちんぽ、ぷくっと膨らんで、わたし、んぁ、イクッ！　またイキますっ♥　あっあっ♥　んはぁぁっ！」

「う、ああっ！」

快楽に乱れるシューラと、そのおまんこ。

ガニアンは精液が駆け上ってくるのを感じながら、ぐちゅぐちゅと淫音を奏でる卑猥なおまんこを後背位で犯していく。

「あっあっ♥　んはぁっ、んぅっ！」

「出すぞ！　うっ！」

どびゅっ！　びゅくびゅくっ、びゅくんっ！

ガニアンはたまらず、絶頂おまんこに射精した。

「イクゥッ！　おまんこ、中出しされてイックウウゥウゥッ！」

「ああっ！」

射精を受けて、シューラはさらに絶頂した。

ひくひくと震える蜜壺が、射精中の肉棒を締めつけ、吸い上げてくる。

「うぁ……！」

「んはぁっ♥　あ、ああっ！　おまんこ気持ちよすぎて、んぁっ♥　あ、ああっ！」

中出しの絶頂を迎えていたシューラの秘穴が、しっかりと精液を絞り尽くしていった。

「はぁ……はぁ……♥　せんぱい♥　ん、あぁっ……」

連続で絶頂したこともあり、体力を使い果たしたシューラが、そのままベッドへと倒れ込む。

まだ挿入状態のため、お尻だけを高く上げたまま倒れ込むシューラの姿は、すごくエロい。

二度射精した後でなければ、我慢できずにこのまま襲って、突き込んでしまっていたところだろう。ガニアンはどうにか冷静になり、倒れ込んだ彼女から肉棒を引き抜く。

「あふぅっ……♥　せんぱい……」

彼女はうっとりとしたまま、ベッドに横たわった。

「これからは……もっともっと、いっぱいしましょうね……」

「ああ、そうだな」

セックス後の、上気した姿で言うシューラをそっとなでた。

そして彼女の隣へと寝そべり、そのままいちゃいちゃとしていたのだった。

●

シューラが参加したことによって、ラフィリア・スタンダードも魔石魔道具の生産に乗り出していた。

元々、ソジエンライツで若手のエースとして活躍していたシューラは、こちらでも同じようにアイデアを出し、新商品を打ち出していく。

ガニアンは新技術そのものの開発、ゼロをイチにする発明家として有能だが、シューラは既存の技術から商品を生み出す、一を十にするタイプの開発者だ。

新技術である魔石の生産は、少人数であるラフィリア・スタンダードにはあまりあわないということで、基本的には特許料のみを取る形になっている。魔石は条件をお互いに融通した、提携先ギルドから仕入れるのだ。

やはり、魔石の生成は大量生産が前提なので、人数の多いギルドのほうがやりやすい。

ラフィーには、大型工房を持つようなギルドと提携するアイデアもあったが、リスクや利益を考えた結果、今はしないことに落ち着いた。

シューラの参加によって魔道具の開発へと舵を切れたので、結果としては、とてもよかったといえるだろう。

魔石生成技術の出現によって、魔道具への需要が高まったため、シューラを加えたラフィリア・スタンダードは、さらに発展していくのだった。


「予想以上よね」

そんなギルドの状態を見て、ラフィーが言う。

「ああ。さすがだな」

今やラフィリア・スタンダードは、破竹の勢いで駆け上がっている。

「ちょっと忙しすぎるぐらいかも」

「ああ。ラフィーとアリアドは、特に大変そうだな」

今はガニアンも、シューラとともに商品開発に回っている。さすがにひとりでは出せるアイデアに限りがあるし、新規ギルドとしては独自商品の数を充実させておきたいところだ。

それに、大きな発明をしたばかりで、ガニアンには新規の研究プランもない。

シューラほどではないといっても、ガニアンも商品開発が出来ないわけではないし、何より魔石魔道具、そして今回の魔石生成技術の発明者だという強みもある。

仕組みについて誰よりも理解しているのは、ガニアンだ。

だから、シューラが人々と同じ目線のアイデアを出していく一方で、ガニアンはこの魔石のスペックから、どこまで利用できるかを幅広く考えることができる。

そんなふうに、ガニアンとシューラは商品開発で忙しくはしているものの、それもアイデア次第であり、暇なタイミングもあった。

それに比べると、ギルド運営だけでなく、他ギルドとの交渉もしているラフィーやアリアドは、仕事量が一貫して多い。

多くのギルドとやりとりするならば、それだけ先方との時間を取らないといけないし、発注や予算関連の書類も増えていく一方だ。

忙しさがどんどん増していき、ギルドが大きくなるにつれて、しなくてはならない仕事もますます増えていく。

「まあ、あたしたちが忙しいのはいいことよ。そのうち人は増やすつもりだけれど、それはもうちょっと落ち着いてからね」

「そうだな」

人に教えるのにも、時間がかかる。

割り振れるリソースを考えて、今はアリアドがガニアンの生活の面倒をみることさえ、一時的に取りやめているのだ。

これはガニアンから言い出したことで、アリアドは少し残念そうにしつつも、ギルドのほうが忙しいので、しぶしぶというかたちで受け入れていた。

彼女を思い遣ってのことだったが、あまりにもアリアドが残念そうであったため、ガニアンは少し後悔していた。

そのため、ガニアンの生活には多少乱れが出ていたが、あのときのように寝食を忘れて……というようなことも今はないので、問題のない範疇だ。

「それに、お父様にも呼ばれているのよね」

「レムネソ伯爵に……か」

ラフィーの父親であるレムネソ伯爵は、このギルドからすれば出資者にあたる人だ。

商人から成功したレムネソ家の方針として、家督を継がない子に課せられる一種の試練が、ギルドや商会の起業と運営だった。

そのおかげでガニアンはラフィーに拾われ、こうして研究を再開することができたのだから、レムネソ家には感謝している。

「前向きな話かな？」

「多分そうね」

「まあ、これだけ成功しているからな……」

貴族がギルド運営に関わることは、レムネソ家に限らず、よくあることだ。

上手くいきそうなギルドに出資して、恩と名を売るということもあるし、欲しいものを手に入れるためという、直接的な理由の場合もある。

あるいは反対に、経済的に困窮してきた貴族が、成功しているギルドに政治的な融通を利かせることで、関係を深くするということもあった。

と、そんなふうに貴族とギルドには深い関わりがあるのだが、まったくの無名ギルドに出資して大成功する例というのは、やはりあまりない。

そもそも多くの場合、貴族の目にとまるのは、ある程度成功しているギルドだということもある。

貴族が自分で立ち上げるギルドの多くも――そうでないギルドと同様、初期の段階でうまくいかなくて、そのまま消えていくのがほとんどだった。

貴族の名があっても、それだけで成功するほど商売は甘くないということだろう。

そんな中でラフィリア・スタンダードは、特別だ。

若き令嬢ラフィー・レムネソが立ち上げ、今や飛ぶ鳥を落とす勢いの新興ギルドなのだから。

世間からの注目度も高く、大成功といえるだろう。伯爵だって褒めてくれるに違いない。

「うん。これもガニアンのおかげよ。ありがとう」

そう言って、ラフィーは笑みを浮かべた。

「感謝するのは俺のほうさ。ソジエンライツをクビになった俺を拾ってくれて、また研究をさせてくれたんだからな」

ガニアンが言うと、ラフィーは照れたように顔を赤くした。

そして、そんな照れをごまかすように力強く言う。

「でも、まだまだあたしたちのギルドは、はじまったばかりよ。これからもどんどん大きくなっていくんだから……あんたも頑張りなさいよね」

「おおせのままに」

ガニアンがわざとらしく言うと、ラフィーは楽しそうに笑うのだった。

●

それから数日後の夜、ガニアンの家に急に、ラフィーが訪れた。

「おう、どうしたんだ？」

ガニアンは、彼女を招き入れながら尋ねた。

ラフィーが自宅まで訪れたことは以前もあったが、ひとりでというのは初めてだ。

最近のアリアドは仕事が忙しく、ガニアンの家にまでは顔を出していない。それを考えれば、自然なことなのかもしれないが。

ガニアンはお茶を淹れて、テーブルへと持っていく。

おなじ茶葉を使っているはずなのに、アリアドと比べると明確に味が落ちる。

それでもまあ、お嬢様には飲めない、ということはないだろう。

「今日、お父様と会ってきたわ」

「なるほど。それで、どうだった？」

ガニアンは向かいに腰掛けて訪ねる。

ラフィーはカップを傾け、お茶を一口飲んでから言った。

「褒められたわ。ラフィリア・スタンダードは、ここしばらくのレムネソ家だけでなく、貴族が立ち上げたギルド全般で見ても、大成功しているって」

「よかった。さすが伯爵だな、よく見てくれている」

実際、できたばかりのギルドが鉄級から銀級まで短時間で駆け上がる例は、極めて稀だ。

「ガニアンのおかげよ、ありがとう」

「いや、それはこちらこそ、ラフィーのおかげで研究できたんだからな」

金級ギルドである、ソジエンライツでさえできなかったことだ。

だから魔石生成技術が完成したのは、ほんとうにラフィーのおかげだった。

「それを言ったら、元々――魔道具をあたしが使えるようになったのも、ガニアンのおかげだからね」

魔力の少ないラフィーにとって、魔道具はそれまで、まったく扱えないものだった。

貴族のお嬢様である彼女の家には、もちろん多くの魔道具があっただろう。

ラフィーが必要なら、側にいる使用人がいつだって代わりに魔力を流して使ってくれたという。

だから生活面において、本当の意味で困ったことはない。

けれど、自分だけが魔道具を使えないということが、幼少のラフィーにとって辛いことだったのは確かだと思う。

そんな中で出てきた魔石魔道具は、彼女にとって世界を変えるものだった。

その記憶が影響して、ラフィーはギルドを作るとなったときに、ガニアンを誘いたいと思ったという。

そんな昔話までを、改めてラフィーから聞くのだった。

ガニアンとしても、自分の発明がそんなふうに誰かを助けられたことは、嬉しい。

「レムネソ家の人間が、大人になったときに作るギルドは……。あまり上手くいかなかった場合は、家に呼び戻されるの」

「そうなのか」

貴族にとって血縁関係というのは大切だし、それも納得できる話ではあった。

家を継がない者がギルドを立ち上げても、上手くいかずに困窮しているというのは体裁が悪い。

それならば、別の方法で役立ってもらおうというわけだ。

家同士のつながりを強める政略結婚というのも、貴族にとってはとても大事なことであった。

だからそういった場合は家に戻らされ、普通の貴族子女と同じように、他家との婚姻を進めることになっていたのだそうだ。

「だけどあたしは、このままギルド長として、自由に生きていいことになったわ！」

ラフィーは嬉しそうに言った。

元々元気で、ちょっと強引で、活動的なラフィーは、一般的な貴族像とは違う人物だ。

そんな彼女は、商人としてほうのレムネソ家らしさを、多分に持っているのだろう。

そんなラフィーは、貴族としての政略結婚よりも、商人としての自由を求めている。

「俺としても、よかったよ」

彼女の仲間として、素直に喜ばしいことだと思う。

そう言うと、ラフィーは少し顔を赤くしながら言った。

「そ、そうなんだ……。それで、あのね……」

そしてちらりと、うかがうようにガニアンを見る。

普段の彼女とは違う、少ししおらしい態度に、ガニアンはどきりとした。

「貴族として生きなくてよくなったから、誰と一緒にいるのも自由なの」

そして頬を赤くしながら、ガニアンに言った。

「ね、ガニアン。あたしは、あなたのことが好き。一緒にいたいし、楽しく話していたいし……もっと触れあいたいの」

「ああ……」

ガニアンはうなずいた。

ラフィーのことは好ましく思っている。彼女に告白されれば、嬉しいに決まっていた。

そんな彼を見て、ラフィーは微笑みを浮かべる。

「んっ……」

そして身を乗り出すと、キスをしてくるのだった。

「ん……んむ」

唇が触れあうだけのキスを何度か繰り返し、ふたりは席を立つ。

「ね、ガニアン……」

抱き寄せられたラフィーは、ガニアンの身体をなぞるように触りながら、名前を呼ぶ。

目を向けると、背伸びをするようにしてまたキスをした。

「ん、ちゅっ……♥」

そして、次はおずおずと舌を伸してくる。

ガニアンはそんな彼女の舌を受け止め、さらに自らも舌を動かし、絡めていった。

「ちゅっ……れろっ、んっ……♥」

そうして恋人のキスを交わした後で、ガニアンはラフィーを優しくベッドへと押し倒した。

「あっ……♥」

ぷふっ、とベッドに仰向けになったラフィーは、うるんだ瞳でガニアンを見上げる。

その女の子らしい姿に、ガニアンの興奮は高まっていった。

「ん、んむっ……♥」

そして覆い被さるようにしてキスをすると、彼女は小さく声を漏らす。

「ちゅっ♥ んっ……」

ガニアンは唇を離し、彼女を見つめる。

そしてその頬を、なでるように手を動かした。

「んっ……」

彼女は少しくすぐったそうに、それを受け入れる。

ガニアンはそのまま首筋をなでていった。

ラフィーのなめらかな肌をなで、鎖骨をなぞるように指を動かしていく。

「んぅっ……あっ」

色っぽい吐息を漏らすラフィーを眺めながら、胸元へ。

「あうっ……うう」

そして、彼女の小さな身体には不釣り合いなほどの、大きなおっぱいに触れる。

「ん、ガニアン……」

彼女は潤んだ瞳でガニアンを見上げた。

表情にも欲情を滾らせるラフィーを楽しみながら、ガニアンは胸元をはだけさせていく。

「あぁ……まって……あっ」

ラフィーは、羞恥と期待をにじませた声をあげた。

ぽよん、と揺れながら、白い双丘が現れる。

ガニアンはその豊かな胸へと手を伸ばしていった。

「あんっ♥」

むにゅり、と指先が柔らかなおっぱいに沈みこむ。

指の隙間から、乳肉がこぼれだしている姿がとてもエロい。

そんなラフィーの巨乳を、ガニアンは揉んでいった。

「あっ♥ ん、ふぅっ……」

ラフィーは小さく声をあげて、ガニアンを見つめる。

「ガニアンの手が、んっ、あたしの胸を、あぁ……♥」

「この前は、このおっぱいで気持ち良くしてもらったからな。今日は俺がここをいじって気持ち良くしていこう」

「そんな、んっ、あぅっ♥」

そのままむにゅむにゅと、両手でおっぱいを揉んでいく。

ラフィーは胸を愛撫されて、なまめかしい吐息を漏らしていった。

「あっ、ん、ふぅっ……あぁっ♥」

若々しい弾力。その柔らかな乳房を楽しんでいく。

「あぁ……ん、ふぅっ、んっ……」

いつもは元気なラフィーが、されるがままに感じている姿は、ガニアンの興奮を煽ってきた。

「あぁ、ん、はぁっ……♥」

「ラフィー、かわいいな」

「そんなこと言われたら、あっ♥ ん、あたし、感じちゃう……」

可愛らしいことを言うラフィーの耳元に顔を寄せて、ガニアンは囁いた。

「そうやって感じている姿、すごくかわいいぞ」

「あぁ、だめぇっ♥　ん、あぁっ……」

ラフィーは恥ずかしさからか、顔を背けた。

そんな彼女のおっぱいを、ガニアンは愛撫していく。

「あっあっ♥　ん、はぁっ……」

「乳首も反応してきてるな……」

「あっ、だめ、ん、そこっ、ああっ♥」

ガニアンはくりくりと乳首をいじっていく。

「ああっ♥　んはぁ、んうぅっ！」

彼女は敏感に反応を返し、嬌声をあげていく。

「あふっ、ん、乳首、そんなにくりくりいじられたらぁっ……♥　んぁ、ああっ、あたし、んっ、感じすぎて、んうっ！」

ラフィーは未知の感覚に悶え、その小さな身体を跳ねさせる。

「あっあっ♥　だめっ、ん、はぁっ、ああっ！」

そしてびくんと震えると、軽くイったようだった。

「あぁっ……♥　あたし、んっ……」

「乳首だけでイったのか。ラフィーはえっちな身体だな」

「だって、ん、ガニアンがいやらしく触るから……」

恥ずかしがりつつも、満たされたようにラフィーが言う。

「こっちはどうなってるかな」

そう言いながら、ガニアンはその巨乳から離れると、細い腰をたどり、下へと向かう。

「あっ……♥」

ラフィーはきゅっと太ももを閉じるが、ガニアンは両手でその足を開かせていく。

「あっ、んっ……」

大胆に開脚させてしまうと、まくれ上がったスカートの向こうに、彼女の下着が見える。

水色の下着は愛液で濡れ、ラフィーの秘められた場所に張りついていた。

「あふっ……」

その秘めやかな割れ目のかたちがわかってしまい、とても淫靡だ。

ガニアンは彼女の服を脱がすと、その下着にも手をかける。

「あうぅっ……♥」

恥ずかしげな声も可愛らしい。するすると下着が下ろされていった。

無毛のおまんこが現れ、その濡れたピンク色の入り口を薄く開けている。

ラフィーの秘められた女陰が露になると、そこからとろりと愛液がこぼれた。

「ラフィーのここ、もうすっかり濡れてるな……ほら」

ガニアンが軽くいじると、くちゅりといやらしい水音が響く。

「あぁ……♥　だめぇっ……そんな、んっ……」

「しっかりと、ほぐしておかないとな」

「あんっ♥　あっ、んはぁっ……！」

小柄な彼女の、そのこぶりなおまんこをいじっていく。

「あふっ、ん、あぁ……」

ラフィーはくちゅくちゅとおまんこをいじられ、感じているようだ。

その蜜壺は大きな胸と同様、もうしっかりと女のものだった。

「あっ、ん、はぁっ……♥」

魅力的な感じ顔を見せるラフィーに、ガニアンのモノもいきり勃ち、早く中に入りたいと主張している。

その昂ぶりを感じながらも、ガニアンはしっかりと処女の秘穴をいじり、ほぐしていった。

「あふっ、ん、あぁっ……そんなに、あっ♥　おまんこ、くちゅくちゅいじっちゃだめぇっ……♥　あっ、んはぁっ！」

敏感に反応するラフィーを楽しみながら、ガニアンはその陰裂を馴染ませていく。

軽く入り口を押し広げ、指を出し入れしてみた。

「んはぁっ♥　あっ、だめっ、んぁ、ああっ、んうぅっ！」

ラフィーは嬌声をあげ、愛液があふれ出していく。

「そろそろよさそうだな」

十分に濡れ、ひくつくおまんこを見て、ガニアンは服を脱ぎ捨てた。

極上の女体を前にして、滾った剛直が現れる。

「あっ……♥　ガニアンの、んっ……」

「挿れるぞ」

「うん……きて……」

ラフィーは勃起竿に目を奪われながらうなずいた。風呂場でも見ただろうが、これから自分に入るとなれば、緊張もするだろう。

ガニアンはそんな彼女に近づくと、純潔への挿入に猛る肉棒を膣口へと押し当てた。

ちゅくっと愛液が音を立てる。

「あっ……すごい、硬いのが、当たってる……」

「ああ、いくぞ」

そう言って、ガニアンはゆっくりと腰を進めた。

「んっ！　あっ、ああっ！　おっきいのが、あたしに、ん、はぁっ……」

肉棒はすぐに、ラフィーの処女膜に阻まれる。

ガニアンがゆっくりと腰を進めていくと、その最後の砦がミチミチと裂けていった。

「あうっ、ん、くぅっ！」

突然に抵抗がなくなり、肉竿が蜜壺へと飲み込まれていく。

「んあああっ！　あっ、うぅっ……！　すごい、ん、あぁ……あたしたち、つながってるんだ……ガニアンのおちんぽが、ああ……！」

初物の膣道は狭く、肉竿を締めつけてくる。

「太いのが、中を押し広げて、ん、あぁ……♥」

「うっ……くう」

処女穴の中は思いのほか狭く、異物である肉棒を確かめるかのように蠢いていた。

「あふっ、ん、あぁ……！」

身体の小さなラフィーが勃起竿を受け入れられるまで、ガニアンは静かに待っていた。

「あっ、ん、ふぅっ……」

みっちりと肉棒を咥えこんだ蜜壺が、その襞を震わせる。

パイパンの処女まんこに、ずっぽりと入っている。それだけで、とても気持ちがいい。

「ガニアン、ん、はぁっ……」

「ラフィー、そんなに締めつけられると、我慢できなくなりそうだ」

「あうっ、これは、んっ、勝手に……うぅ……も、もう動いていいわよ……あたしのおまんこ、んっ、いっぱい感じて」

「ああ……！」

そんなふうに言われては、理性など持つはずもない。

ガニアンはゆっくりと腰を動かしはじめた。

「あっ、ん、くぅっ……すごいっ……大きいのが、あっ、あたしの中で、ん、ふぅっ……動いてるの、わかるわ……」

「ああ……俺も、気持ちいいよ」

吸いついてくる処女の肉襞を感じながら、ガニアンも声を漏らした。

「あふっ、ん、あっ♥」

肉棒を受け止めたラフィーの反応も、また艶めいたものになっていった。

「あぁっ♥　これ、すごい、んぁ、ああっ♥」

初めての肉棒を受け入れながら、ラフィーが声をあげていく。

「ガニアン、んぁ、あぁっ……♥」

初物の狭い膣内は、しかしたっぷりの愛液で肉棒を滑らせていく。

「あふっ♥　ん、はぁっ……あぁ……」

その可愛らしい、感じている顔を眺めていると、彼女は恥ずかしそうに目をそらせた。

「そんなに見られたら、ん、あんっ……♥」

恥じらうラフィーの仕草に、ガニアンはさらに惹きつけられ、腰を速くする。

「あっあっ♥　ん、はぁっ……！」

興奮のままに腰を動かすと、ラフィーも嬌声をあげていく。

「んはぁっ、あっ、んっ♥　おまんこ、あっ、いっぱい突かれて、あぁ……♥　ん、はぁっ……あたし、んぅっ、ふぅっ……」

「ラフィー……」

かわいく感じる彼女を見つめながら、ガニアンは腰を振っていく。

「んはぁっ♥　あっ、あぁ……そんなにされたら、あたし、ん、はぁっ♥　おちんぽで、イかされちゃう……！」

「ああ、好きなだけイってくれ」

そう言って、ガニアンはペースを上げた。

「あっあっあっ♥　ん、はぁっ、ああっ、あ、あたしの中っ♥　ん、おちんぽがこすれて、あぁっ、ん、ふぅんっ♥」

「うっ……」

ラフィーが感じるのにあわせ、その女穴は肉棒に絡みつき、蠢いていく。

膣襞からの快楽に、ガニアンの射精欲はどんどんと高められていった
「ああっ♥　ん、はぁっ、あうっ、ガニアン、あたし、もう、ん、はぁっ……！　あっ、ああっ♥　ん、ふぅっ！」

ラフィーの嬌声が高くなり、彼女の昂ぶりが伝わってくる。

ガニアンのほうも限界が近く、もう抑えられそうにない。

「んはぁっ♥　あっあっあっあっ♥　イクッ！　あっ、ん、はぁっ、あうっ、あたし、んぁ、イクッ、ああっ！」

「う、ラフィー、このまま……」

ガニアンはラストスパートで腰を振っていった。

まだ男に不慣れなおまんこに、肉棒を激しく抜き差ししていく。

「あぁっ！　んはぁっ♥　だめっ、イクッ！　あっあっ♥　すごいのぉ、んぁ、イクイクッ、んはあぁぁぁぁっ♥」

「うっ、ああっ！」

ラフィーが身体を大きく跳ねさせながら絶頂する。

そのタイミングで膣道も、一心に肉棒に絡みついてきた。

絶頂によるキツい締めつけに搾り取られるようにして、ガニアンは射精していく。

「んはぁぁぁっ♥　あっ、ああっ♥　イってるところに、んぁっ♥　熱いどろどろ……せーえき、あっ♥　いっぱい出てるぅっ♥」

中出しを受けて、さらなる快楽に声をあげるラフィー。

その膣襞は貪欲なまでに肉棒を求め、締めあげてきた。

「あぁっ♥　しゅごい……あぅっ……♥」

ラフィーはうっとりと、吐き出された精液をおまんこで味わっているようだ。

「あんっ……♥」

ガニアンはそんな蜜壷から、惜しみながらも肉棒を引き抜いた。

「はぁ……あぁ……♥」

ラフィーはまだまだ快楽の余韻に浸り、色っぽい吐息を漏らしている。

先程まで処女だったその穴からは、破瓜の血と愛液、そして精液の混じったいやらしい蜜をこぼしている。肉棒で押し広げられ、まだ開いたままのおまんこはエロく、ガニアンはそんな淫靡なラフィーに、見とれていたのだった。

●

再会できてからというもの、シューラはよくガニアンの部屋に来ている。

この日も仕事の後で、食事などを終えてくつろいでいると、シューラが訪ねてきたのだった。

「こうして先輩と一緒にいられるのが、嬉しくて」

そんな可愛らしいことを言われれば、ガニアンだって嬉しい。

そんなふうに、しばらくはゆったりと過ごすのだが、時間も遅くなるとベッドへ向かうことになるのが常だった。

「先輩……♥　んっ……」

彼女がキスをしてくるのに応え、ガニアンはシューラを抱き寄せると今度は自分からキスをしていく。彼女の柔らかな唇を感じながら、舌を伸した。

「んっ、れろっ……ちろっ……」

そして、互いの舌を絡め合い、愛撫していく。

「んむっ、せんぱい……♥　ちゅっ……♥」

彼女の舌を、そっと舐めあげる。

「れろっ、ん、ちろっ……ん……♥」

恋人のように舌同士を絡め合っていると、シューラから色っぽい吐息が漏れてくる。

「あふっ……せんぱい……♥」

潤んだ瞳で、ガニアンを見つめた。

その表情は艶っぽく、オスの欲望を刺激する視線だ。

「ん、今日はわたしが、ちゅっ……ん、あぁ……」

彼女はキスをしながら、ガニアンの服に手をかけてきた。

そんなシューラの身体をなでながら、されるがままになっておく。

「れろっ……んぁ……♥」

ガニアンの服を脱がしながら、ベッドへと優しく押し倒してきた。

ガニアンはそれに抵抗せず、そのまま寝そべった。

「先輩……いいですよね♥」

うっとりと言いながら、彼女はガニアンのズボンを下着ごと下ろしていく。

「おちんちんがもう、反応してますね……♥　わたしとのキスで、感じてくれたんですか？」

「ああ。シューラの舌使いがエロいからな」

「んっ……先輩の舌こそ、えっちでしたよ……♥」

そう言いながら、彼女は自らの服もはだけさせていく。

上半身を脱いでしまうと、たゆんっと揺れながら、その大きなおっぱいが現れる。

思わず目を奪われていると、彼女は両手で乳房を持ち上げ、アピールするようにしてきた。

「先輩、おっぱい好きですよね？」

「ああ、もちろん」

答えると、シューラは微笑みを浮かべた。

「じゃあ、今日はこのおっぱいで、先輩のおちんぽ♥　気持ち良くしますね」

そう言って、彼女はガニアンの脚の間へと身体を滑り込ませた。

そして、その大きなおっぱいを両手で広げる。

「さ、先輩……大きくなってきたおちんぽ、挟みますね♥」

シューラはまだ半勃ちの肉竿を、その豊満な谷間へと挟み込んだ。

「おお……」

柔らかな双丘に、ペニスが包み込まれる。

「ふふっ、せんぱいのおちんちん、おっぱいで食べちゃいました。むぎゅー♥」

「うぉ……」

柔らかなおっぱいに圧迫されるのは、とても気持ちがいい。

それに、シューラが大きな胸を自らむにゅむにゅと動かしている光景も、エロくて素晴らしいものだった。

当然、ガニアンの肉棒にはどんどんと血が集まってくる。

「あぁ……♥　おちんぽ、わたしの胸のなかで、すごく大きくなってきてます♪」

ぐんぐんと膨らんでいく肉棒を両胸で感じて、シューラが妖艶な笑みを浮かべた。

「ん、しょ……」

彼女はむにむにと両胸で圧迫してくる。

「おお……」

そのご奉仕の気持ち良さに、ガニアンは視覚的にも浸っていった。

「先輩の硬いおちんぽが、わたしの胸、押し返してきてますね……♥　もう、そんなにぐいぐいくるならわたしも、むぎゅー♪」

「シューラ……」

巨乳にむぎゅぎゅっと圧迫されて、肉棒に気持ち良さが広がっていく。

「ん、ぎゅー♪　逞しいおちんぽ♥　むにゅむにゅっ♥」

「ああ、いいな……」

シューラの大きなおっぱいに肉棒を包み込まれていると、気持ち良さのあまりに、頭がのぼせそうだ。

「ん、ふぅっ……先輩の太いおちんぽ、しっかりとおっぱいで挟んであげますから……こうして、むぎゅー♪」

「ああ……」

乳圧が高まると、逆に胸の柔らかさをより強く感じることができる。

様々にかたちを変えるおっぱいも、眺めているだけでエロい。

さすがに、これだけで射精してしまうことはないが、これはこれで悪くない気分だった。

しかし同時に、やはりムラムラとエロい気持ちも湧き上がってきてしまう。

気持ちはいいものの、生殺しのような淡い快感だからだ。

「せんぱい……♥ もっと気持ち良くなりたいんですか？」

そんなガニアンを見て、シューラが妖艶な笑みを浮かべる。

いつもはおとなしめな彼女がするエロい表情は、ギャップもあってそそる。

「ああ……」

ガニアンが素直に答えると、彼女は嬉しそうに笑みを浮かべた。

「わかりました♪ それじゃ、わたしのおっぱいで、おちんちんしこしこ、いっぱいしごいて気持ち良くしていきますね……♥」

そう言うと、彼女は小さく口を開く。

「んうっ……」

そして胸を少し開くと、ちょこんと顔を出した肉棒へ向けて、唾液を垂らしていった。

「んぁ……こうして、おちんちんを濡らして……」

彼女の口から、つーっと唾液が垂れていく様子も、なかなかに淫らな光景だ。

ガニアンはその様子を、期待と共に眺めた。

「ん、とろーっとおちんぽを濡らして、すべりをよくして……ん、ぎゅー♥」

「おぉ……」

ある程度唾液を垂らすと、彼女は再び胸を両側から押して、肉棒を圧迫してくる。

くちゅり、と水音がして、挟まれたおっぱいの中で肉竿がにゅるんっと動く。

「あはっ♥　これならいけそうですね♥　胸をこうして上下に、んっ♥」

シューラはボリューム感たっぷりのおっぱいを、上下に動かしていく。

むぎゅっと乳圧をかけながら動かれると、肉竿がこすれて気持ちがいい。

「ん、しょっ……えいっ♪」

唾液もあって滑りが良く、肉竿がしごかれていく。肌の抵抗は少なくなったはずなのに、快感の質はおまんこに近づいて、さらに刺激が増していた。

「えいっ、んっ……こうやって、おっぱいを上下に動かすと……」

彼女はリズムよく胸を動かしていった。

膣襞（ちつひだ）のような引っかかりはないものの、押しつけられるおっぱいがむにゅむにゅと形を変えるので、また違った気持ち良さがあった。

「ん、おちんぽの先が飛び出てくるのが、なんだかすごくえっちな感じがしますね。ほら、ん、しょっ、えいっ♥」

シューラが胸を下へと動かすと、谷間から亀頭が顔を覗かせる。

「ん、しょっ……♥　あぁ、先輩の濡れたおちんちん、すごくエッチですね。こうやってお胸でしごかれて、えいえいっ♥」

「あうっ……！」

柔らかおっぱいに挟まれてしごきあげられるのは、満足感もすごい。

ガニアンはその快感にもう抵抗できず、流されてしまいたくなった。

「ん、しょっ、あふっ……おっぱい、気持ちいいですか？」

「ああ、すごくいいな」

巨乳に挟まれ、しごかれる気持ち良さはもちろん、こうして胸でご奉仕されているというシチュエーションが興奮するのだ。

ガニアンはそのまま、パイズリ快楽を受け入れていく。

「ん、しょっ、それじゃ、このままいきますね、えいっ♥　おちんぽ♥　おっぱいでしごかれて、気持ち良くなっちゃえ♥」

「うぁ……！」

シューラはペースを上げて、パイズリを続けていく。

その追撃で、ガニアンは限界が近づくのを感じた。

「ああ、そんなにされると、そろそろ出そうだ……」

「ん、あふっ♥　いいですよ……えいっ♪　わたしのパイズリで、んっ♥　いっぱい、精液ぴゅっぴゅしちゃってください♪」

そしてシューラは両側から力を入れ、むぎゅっと肉棒に乳圧をかけると、そのまま大胆に動かしていった。

「ん、しょっ♥　えいえいっ♪　おちんぽイっちゃえ♥　わたしのおっぱいで、むぎゅぎゅっと挟まれて、えいっ♥」

「ああ、出る……！」

彼女が勢いよく胸を動かしたのに合わせて、ガニアンは射精した。

「きゃっ♥　すごい勢い♥」

巨乳の谷間から、精液が高く吹き上がった。

胸で圧迫されていた分、その勢いもいつもより増しているようだった。

「あぁ……♥　精液、びゅーって出ましたね♥」

その白濁を顔と胸に浴びながら、シューラがうっとりと笑みを浮かべた。

「先輩の精液……ん、すごくえっちな匂いです……」

そして彼女は巨乳から肉棒を解放すると、そのまま跨(また)がってきた。

「こんなに濃いオスの匂いを感じたら、もう我慢できないです……先輩……♥　おちんぽ、まだいけますよね？」

「ああ、もちろんだ」

「わたしのここ、もうこんなにぐっしょりで……」

彼女はそう言って服を脱ぎ捨てると、ぬれぬれのおまんこを露出させてしまう。

「このまま、んっ、わたしが上になりますね……♥」

そう言って、シューラは肉竿をつかむと、自らの割れ目へとあてがった。

「あぁ……先輩のガチガチおちんちん♥　わたしの中に、ん、はぁ……」

そしてそのまま腰を下ろすと、ぬぷりと蜜壺に入れていく。

「あぁ……♥　ん、ふぅっ……」

シューラの蜜壺がよだれ溢れさせながら、くぽりと肉棒を咥えこんでいった。

そうして腰を下ろしきると、肉竿を包み込んだ膣襞がすぐに絡みついてくる。

「あふっ、ん、はぁ……♥　先輩のおちんぽ♥　わたしの中、いっぱいになっちゃって……ん、ふぅっ……はぁっ……♥」

シューラは騎乗位でガニアンと繋がると、興奮した様子で見下ろしてくる。

「せんぱい……♥　あぁ、わたし、もう我慢できないです……。あふっ、このまま、ん、動いちゃいますね……♥」

そう言って、ゆっくりと腰を上下させ始めた。

蜜壺の内部がうねり、亀頭を強く刺激する。

「ん。はぁっ……あぁっ♥　先輩、ん、ふぅっ……」

シューラは腰を動かし、感じている声を出す。

「あっ、ふぅっ、ん、あぁ……♥」

自分の上で腰を振っているシューラの姿はあまりにスケベで、ガニアンの興奮を煽ってきた。

「ん、はぁ、おちんぽ、襞にゾリゾリこすれて、これ、ん、あぁっ♥」

あの清楚なシューラが、自分とのセックスに積極的だというのが、とてもエロく感じられた。

最近は行動的にもなってきているが、出会った頃のおとなしいかったイメージが、未だに強いせいだろう。そのギャップがまたエロかった。

「あふっ、ん、はぁっ……ああっ！」

そんな彼女が、ガニアンの上で大胆に腰を振っている。

「あんっ、あっ、ん、くぅっ♥　せんぱい、ん、ああっ♥」

その淫らな姿に、たまらず滾ってしまう。

「あふっ、ん、はぁっ……♥　これ、自分で動くと、ん、はぁっ……♥　先輩のおちんぽ、咥えこんじゃってるのをすごく意識して、んはぁっ♥」

シューラは嬌声をあげながら乱れていく。

「あっあっ♥　だめ、ん、ふぅっ、硬いおちんぽが、わたしの中に、んぁ、奥までズブズブって、あっ♥」

自分の上で乱れるシューラの姿には、気持ちが昂ぶる一方だ。我慢できなくなる。

「あっあっ♥　もう、んぁ、イっちゃいそうです、せんぱい……♥　んぁ、あっ、わたし、ん、くぅっ、あうっ♥」

「好きにイっていいぞ」

ピストンにあわせて嬌声をあげるシューラを見ながら言った。

「ああっ♥　先輩、ん、はぁっ！」

シューラはさらに勢いよく腰を振っていく。

「あぁっ、ん、くぅっ！」

そのリズムで、先程までチンポを挟んでいた巨乳も弾んでいく。

「あふっ、ん、ああっ♥　あんっ♥」

柔らかそうに揺れる双丘は、とても魅力的だ。思わずしゃぶりつきたくなる。

「ああっ、先輩、わたし、もう、イクッ！　んぁ、ああっ！　先輩のおちんぽで、おまんこ突かれて、んぁ、ああっ！」

シューラが発情しきった顔で、ガニアンを見つめてきた。

「せんぱい、せんぱいっ♥　ああっ♥　もう、だめ、イクッ！　気持ち良くて、ああ、わたし、ん、ああっ、イクウゥウゥッ！」

ビクンと身体をのけぞらせながら、シューラがイった。

「んあぁっ……あっ♥」

膣襞がぎゅっと収縮して、肉棒全体を締めつける。

そのおねだりで、ガニアンの吐精欲求も耐えがたいものになった。

「あふっ、ん、あぁ……先輩。んっ……」

一度イったことで、シューラの腰振りはとても緩やかになった。最後まで絞り出そうとするかのように、ゆっくりと刺激してくる。しかし……。

「シューラ……」

「せんぱい……♥　んっ……え？」

そんな彼女の腰を、ガニアンが掴んだ。そして下から、思いきり腰を突き上げ始める。

「んくぅっ♥　ああっ♥　先輩、今は、んあぁっ！」

「もう我慢できそうにない」

そう言ってピストンを行うガニアン。

彼女の軽い身体は、簡単にチンポで突き上げられてしまう。

「んはぁぁぁっ♥　ああっ、今は、ん、あうっ！　イったばかりのおまんこ、そんなにズンズンされたらぁっ♥」

彼女は再び、甘い嬌声をあげて乱れた。

「だめぇっ♥　気持ちよすぎて、すぐにまた、ああっ♥　イっちゃいますっ♥　ああっ、ん、はぁっ、ああ♥」

ガニアンの上で喘ぐシューラ。

限界を超えたことでエロさが増していき、ガニアンをさらに興奮させる。

「あんあんあんっ♥　おまんこ、イってるのにおちんぽでズブズブされてぇっ♥　んぁ、ああっ、またイクッ！」

膣襞も蠕動し、肉竿をしっかりと咥えこんでいる。

快楽をむさぼり、子種を搾り取るかのようなメスの動きに、ガニアンにも限界が近づいてきた。

「ぐっ……すごい締めつけだな。あぁ……」

そんなはしたないおまんこに種付けすべく、ガニアンは腰を振り続ける。

「んあぁっ♥　あっ♥　もう、だめぇっ、イクッ！　おまんこイクッ！　あっあっ♥　んはぁっ！」

「出すぞ！」

ガニアンもこみあげてくるものを感じ、思い切り腰を突きあげた。

「んはあぁっ♥　あっあっあっ♥　またイクッ！　すごいのぉっ♥　んぁっ♥　イクイクッ、イックウウゥウゥウッ！」

どびゅっ、びゅくっ、びゅるるるるっ！

シューラが絶頂し、ぎゅっと膣道が収縮したところで、ガニアンも射精した。

「んはぁぁぁっ♥　あふっ、んぁっ……！　イってるおまんこに、熱いせーえき、びゅくびゅくでてるぅっ♥」

絶頂おまんこに中出しを受けて、シューラがさらなる快楽に溺れていった。

「あふっ、ん、あぁ……♥」

連続絶頂で体力を使い果たし、脱力していくシューラ。

そんな彼女自身とは裏腹に、膣襞がしっかりと肉棒を締めあげて、精液を余すことなく絞り上げていった。

「あぁ……♥」

ガニアンはそんな膣内に、精液を出し切っていく。

「せんぱい……♥」

うっとりと言いながら、彼女が倒れ込んできた。

そんなシューラを、そっと受け止める。

行為の後の火照った身体を抱きしめると、なめらかな肌とおっぱいの柔らかさを感じた。

「あんっ♥」

姿勢を変えたことで、にゅるんっと肉棒が抜け出てしまう。しかし、そんな刺激さえも気持ち良かった。

シューラはそのまま、ガニアンに身体を預けてきた。

「せんぱい……♥」

そしてそのまま、胸へと顔を埋めてきた。ガニアンは甘えた彼女を、優しくなでてやる。

「気持ち良すぎて、動けなくなっちゃいました……♥」

「そうか……」

身体をすり寄せる彼女を、優しく受け止める。

「んっ……」

先程まであれだけ女の顔で乱れていたとは思えないほど、穏やかな表情をしている。

その様子は少し幼く見え、出会った頃の彼女を思い出させるのだった。

「せんぱい……ちゅっ♥」

そう思って見とれていると、シューラがキスをしてきた。

「えへへ……♥」

そして少し恥ずかしそうに微笑む。

「あまり可愛いことをされると、また我慢できなくなりそうなんだが……」

そんなことを言いつつ、ガニアンはしばらくそのまま、彼女を抱きしめていたのだった。

# 第四章　ソジエンライツの意地

ガニアンの魔石生成技術が発表されてから、ある程度の時間が流れていた。

大手ギルドが特許利用を契約し、魔石生成に乗り出したので、次々と魔石が生産されている。

市場には、多くの人工魔石が並ぶようになっていた。

まだ手軽とはいえないものの、これまでの魔石に比べれば破格の値段であり、庶民でも手が届きやすくなっている。

その一方では意外なことに、これまでのようなダンジョン由来の魔石は、力の象徴として別の価値を見いだされるようになっているようだ。

また、採取元の魔物やダンジョンの影響を受けることで、その独特の色合いなどが注目されるようにもなっていた。一種の宝石のような扱いだ。

そんな新たな市場も生まれたことによって、これまでの魔石在庫にも過度の損失を出さずにすみ、新技術は概ね歓迎された。

ラフィリア・スタンダード内でも魔石魔道具の開発は進み、新製品を次々に売り出している。

若いシューラのアイデアと、魔石魔道具そのものの開発者であるガニアンのコンビを強みとして、ラフィリア・スタンダードは同タイミングで参入してきた数多のギルドの中で、飛び抜けた存在となっていた。

それどころか今では、元々の大手ギルドたちすら追い落とすほどの勢いで名を上げている。

そうしたギルドの発展や、開発にはさすがに手狭になったということで、ギルドハウスもより大きな建物へと引っ越すことになったのだった。


「ふたりとも、本当にすごいわね」

ここ最近の成績資料を見ながら、ラフィーが言った。

そしていたずらっぽい笑顔を、ガニアンとシューラへ向ける。

「まあ、大手ギルドのエースだったシューラと、魔石魔道具そのものを作った天才ガニアンがいるんだから、そこらのギルドに勝つのなんて当然かしらね」

そんなふうに自慢げなラフィーに、シューラがうなずく。

「そうですね。先輩が力を発揮できる環境にあれば、その辺の有象無象の魔術師に負ける道理なんて、ありませんからね」

「いや、実際にはシューラが企画の商品のほうが売れてるけどな」

金級ギルドのエースだった腕は確かで、シューラの開発した商品はかなりのヒット率を誇っている。

魔石価格低下で客層も少し変わったのだが、そちらへの修正が上手いのだ。

そして、ラフィーの宣伝手腕や販路確保もすごかった。

本体がまだ小さなラフィリア・スタンダードは、様々なギルドと提携して商品を生産している。

それらとの交渉をとりまとめているのが、ラフィーだ。

そして、それをささえているアリアドも、ものすごい仕事量をこなしている。

最近は少し落ち着いてきたこともあり、新人教育も行っているようだ。

「それを言ったら、ガニアンの特許で入ってくるお金も、すごいけどね」

今や多くのギルドが参入し、賑わう魔石市場だ。

魔石生成技術は新たな時代の幕開けとして、絶大な反応を呼んでいる。

ラフィリア・スタンダードは、たしかに勢いに乗っていた。

それはもう、調子がよすぎるくらいに。

もちろん、調子がいいのは悪いことではない。

ラフィリア・スタンダード自体は、その好調さにあぐらをかき、油断するようなこともない。

この調子を保ちつつ、もう少し人員が増えて、仕事もゆるやかになれば言うことなしだ。

しかし、そんな目立つ功績を前に、他者がどう思うかというのは、また別なのだった。

●

ソジエンライツの会議室は、よどんだ空気に包まれていた。

ここ最近の業績は右肩下がりだ。しかし業績が落ちたといっても、そこは金級ギルド。

売り上げも利益も十分な量を誇っている状態ではあり、すぐにどうこうというような危機的段階にはない。

これまでがよかっただけだ、ということもできてしまう。実際、落ちたといっても黒字ではあるのだし、一時的なことだと思っている者のほうが多い。

しかし今、落ちたという空気だけを、会議は問題視している。

開発部門の部長は、書類を指ではじくと小さく溜息をついた。

利益の減少自体はいいとしても、寄せられる意見の中に、以前と比較して手厳しいものが多い、という点が気になっているのだ。

その原因は明らかだった。

開発部門の技術者を中心に、何名ものギルド員が立て続けに辞めている。

これまでで一番の離職率だ。人が離れていくことも問題だし、それが商品開発に関わり、ギルドの好調を支えていた人物たちだというのが、さらに問題だった。

現在の不調と、顧客の要求に応えられない状態は、これからも続くのが予見されている。

有能な人員がいない以上、改善されることはない。

しかも、上層部は人が減ったという点だけを見ていて、それをまずいとは思っていない。

新しく雇った人間の多くは、これまでいた人間の代わりにはならないのだが……。

年月をかけて育てるならばともかく、すぐさま同じというわけにはいかない。

下がった評判を回復するのは、当分は無理だろう。

上層部の多くが、それをちゃんと把握してもいないのだから。

部長はまた、ひとり溜息をつく。

ガニアンのクビ自体はさておき、それに伴って多くの技術者を失ったのは、今回の業績下落よりも遙かに重大だ、と彼は考えていた。

だというのに、会議では表面的な利益の下降ばかりを憂い、それぞれの部門が、これまでよりも頑張る、という何の解決にもならない結論で片付いてしまった。

そして議題は、他のギルドのことへと移る。

「魔石生成が行えることで、魔石魔道具に参入してきたギルドが多いな」

「ああ。庶民向けの比較的安価な商品が賑わい始めるということもあり、下位のギルドも参戦してきている」

「ああ。材質のコストカットを行った商品も、多くなったみたいだな」

「ま、そのあたりはうちの敵にはならんだろ」

「同じく低価格商品でも、我らがソジエンライツの製品は一定の人気を持っています」

「当然だな。なにせ初期から魔石魔道具を扱っている金級ギルドなのだ。ぽっと出のギルドとは経験が違う」

「ええ。今は参入も多いですが、一年もすればある程度淘汰もされて、落ち着くでしょう。そのときに、老舗としてそれら泡沫ギルドが持っていたシェアも奪ってしまえばいい」

そんなふうに、都合のいい部分だけ取りあげる会議。

「しかし……」

そんな中、経理部門の部長が声をあげ、一枚の資料に注目を促した。

その視線を追い、会議室の空気が冷えた。

「ここについては、よくないですなぁ……」

彼が指し示したのは、ラフィリア・スタンダード。

魔石生成技術を発表し、その特許料で大きく儲け、さらには魔石魔道具にも参入してきた新興ギルドだ。

ラフィリア・スタンダードで魔石生成技術を開発したのは、かつて魔石魔道具を発明したガニアンだ、と大きく喧伝されている。

それは天才の復活として、ドラマチックに扱われていた。

この会議室にいるソジエンライツの幹部たちは、それが本当だとは思っていない。

ガニアンのことは、かつて一発あてただけの穀潰しだと思っている。

研究費がろくに与えられていなかったことについては、経営陣はともかく、各部門長クラスでは知らないことだ。そうなれば、ギルド内のガニアンの評価が落ちるのも当然といえた。

むろん上層部の面々は、自分たちが悪かったとは思っていない。

だから彼らにとってみれば、ラフィリア・スタンダードはガニアンという神輿を担ぎ上げ、話題性をかき立てていっただけ、という認識になる。

「いやはや、貴族の手回しにはおそれいりますなぁ……」

「ま、それはいいとしても……」

ラフィリア・スタンダードは、魔道具販売でもかなりの存在感を示している。

ギルドの規模だけでいえば、新規参入の中でもまだまだ弱小にあたる部類だ。

しかしながらその業績はすさまじく、より体力のある中規模ギルドたちと競いあい、それどころか常に市場でも勝っている。

「噂によると、うちを離れた開発者の多くが、ここに流れているようですな」

「ああ……それでか」

「しかし気に入りませんな……。このギルド、なかなかに危険なのでは？」

「ああ、体力をつけられると厄介そうだ。それに魔石魔道具の市場はこれまでどおり、うちの一強にしておきたい」

「幸い、このギルドはまだ小さい」

そして誰もが、ゆがんだ笑みを浮かべる。

「どうだろう、一時的な利益を捨ててでも、ここらで一度、他のギルドどもを徹底的にたたきのめして、業界を支配しておくのは」

その言葉に、経営陣の多くから賛同の声があがった。

「悪くない」

「我々の力を思い知らせてやろう」

「多くのギルドが撤退すれば、魔石魔道具は牛耳れる。利益はあとから、いくらでも回収できるだろうしな」

「まずは追い出すために、仕掛けてみるか」

そんなふうに、話が進んでいった。

開発部門の部長は、そんな経営陣を見て複雑な表情をする。

(そういう問題では――いや、それでもいい、のか？)

ソジエンライツの質は、これからも落ちていくことだろう。

しかし、腐っても金級ギルド。

体力はある。

他のギルドを追い出し、ソジエンライツしか選択肢がないのであれば、質の低下は結果的に問題にならなくなる……のだろうか。

いずれにせよ、自分が口を挟めることではない。上の言うことに従うだけだ。

部長は半ば諦め、その話を聞き流していくのだった。

●

「まずいことになったわね……」

オフィスでガニアンたちを集め、ラフィーが呟いた。

というのも、魔石魔道具の市場全体を揺るがす事件があったからだ。

ソジエンライツが、ラフィリア・スタンダードなどの新規参入ギルドに対する挑戦文とあわせて、一部の魔道具の大幅な値下げを実行した。

それは現在主流となりつつある、人工魔石を前提とした、庶民向け魔道具全般についてのものだった。

人工魔石は元々、庶民にも魔石魔道具がより身近になるようにするためのものだ。

それもあって、ソジエンライツの新価格は多くの反響を呼んだ。

魔道具自体も安くなれば、手が伸びる人はもっと増える。

しかし、もしそれだけだったなら、問題はなかった。

確かに商売としてはまずいものの、自身がうけた感動をより広ろめたいと思うラフィーには、むしろ歓迎する事態でもある。

同じくガニアンにとってもそうだ。彼としても、値下げの結果として多くの人に行き渡るならいいか、というスタンスであった。

しかし、だ。

ソジエンライツの新価格は、明らかに多くのギルドの利益を損なっていた。

それはまるで慈善事業であるかのような、あり得ない低価格なのだった。

ソジエンライツの狙いは明らかに、大手ギルドとしての体力を活かし、一時的に赤字を出しながらでも新規参入ギルドを追い出そうというものだ。

ライバルが去れば、その後には必ず値上げを行うだろう。

他のギルドが追い出された後では、ソジエンライツの価格が上がっても、競合がいないので購入せざるを得なくなる。

その意図があからさまだったことについて、ラフィーはまずいと思ったのだった。

「業績が落ちてきて、焦ってるんでしょうね」

シューラが、困ったように言った。

「実際、人も抜けて質も落ちてきてるみたいだしな」

今のソジエンライツは、商品についてもかつてほどの信頼がない。

地道に仕事を続けていても、この局面を乗り切ることはできない、と判断したのだろう。

実際、少人数のラフィリア・スタンダードだけでなく、新規参入してきたギルドの中にも、母体が大きくそれなりの結果を出しているところはある。

そういったところは、弱体化したソジエンライツの立ち位置を奪いかねないだろう。

だからそうなる前に、追い出してしまおうという腹づもりみたいだ。

実際、ソジエンライツの新価格と挑発を受けて、撤退を検討しているギルドもいくつかあるようだった。特に、小さなギルドではソジエンライツの赤字商品とやり合うのは難しい。

我慢比べをする体力がないからだ。

無理に勝負すると、資金が回らなくなってしまう。

ある程度大きなギルドにしたって、ソジエンライツとやりあってもメリットが少ないのは同じだ。

対して、今や評判が落ちてきているとはいえ、ソジエンライツは金級ギルド。

体力に関しては未だ健在だろう。

「とはいえ、現実的にできることはないのが、厳しいところだな」

「そうね……」

ソジエンライツの狙い自体はよくないことだが、現時点で何か問題を起こしているわけではない。

追求したところで言い逃れも可能だろう。

今はどうあれ、これまでの実績があるというのも大きい。

それをひっくり返すとなると、かなりの評判や信頼度が必要だ。

そしてまだ新興のラフィリア・スタンダードでは、一つ大きな発明をしたとはいえ、その影響力はそこまでではない。

「地道にやっていくしかないわね」

「ただ、どこまでソジエンライツが仕掛けてくるか、ですね」

ソジエンライツの狙い通りになってしまえば、魔道具市場はよくない方向に流れてしまうだろう。

それを防ぐためにも、頑張らないといけないのだった。

●

好調だとはいえ、ラフィリア・スタンダードはまだまだ小さなギルドだ。

ソジエンライツに目をつけられると、現状で真っ向から太刀打ちするのは厳しかった。

ソジエンライツの挑発的な値引きによって撤退するギルドも出てきており、状況は悪化している。

このまま撤退するギルドが増えれば、ソジエンライツは一転して値段をつり上げていくだろう。

今はラフィリア・スタンダードも、販売面では良い業績とはいえなかった。

ソジエンライツにあわせて価格を下げるか、このまま勝負して販売数で大敗を喫するか……。

どちらにせよ、よくない状況だ。

特に、ガニアンたちにとって気になるのは、ラフィーのことだ。

ラフィーは今でも、貴族の娘であることにかわりはない。

彼女に自由があるのは、ラフィリア・スタンダードがギルドとして成功しているからだ。

ここでソジエンライツと争って消耗するのは、彼女の立場を危うくする。

「特許料のほうがあるので、魔道具制作は撤退してもいいかもしれませんね」

「そうだな……」

シューラの提案に、ガニアンもうなずく。

「対抗しても、販売では赤字続きですからね」

経理を担当しているアリアドもうなずいた。

ソジエンライツの横暴を許すのは、よくないことだとは思う。

しかし現実的に考えて、このまま勝負を挑み続けても消耗するだけだ。

ソジエンライツにもダメージは入るだろうが、向こうが先に倒れるということはないだろうし、こんな状況では、他のギルドが新たに参入してくるわけでもない。

ラフィリア・スタンダードのメンバーにも、疲弊が見えていた。

苦戦するのは、まあいい。

勝ちを目指して頑張るというのなら、時にはそういったことも必要だ。

しかし、ラフィーのことを考えても、ここは撤退したほうが賢明なのではないだろうか。

赤字を増やすわけにはいかな。そういった空気が流れていた。

「ダメよ」

しかし、ラフィーは力強く言った。

「ソジエンライツが、このまま低価格で魔道具を普及させてくれるのなら、あたしたちは引いてもいいわ」

けれど実際のところ、それはない。

シューラがまだソジエンライツに残っている元同僚に聞いたところによると、やはり当初の予想通り、ソジエンライツは寡占を狙っている。一時的な損を、よしとしているだけのようだ。

「せっかく広まりつつあった魔道具を、あのギルドの利益だけに利用させるわけにはいかないわ」

「……そうだな」

ラフィーの言うことはもっともだ。

特に、魔石魔道具に思い入れのある彼女にとってみれば、それはまっとうな願いだった。

「あたしたちは、魔石魔道具を普及させるために戦うわよ！」

赤字で一番ダメージを受けるはずのラフィーの、しかし力強いその視線に、ラフィリア・スタンダードのメンバーはうなずいた。

「それなら、なにか一手必要だな……」

「ソジエンライツのブランドを越えられるようなインパクトがあれば、この状況を変えられるかもしれませんね」

「そうだな」

同じように低価格という戦い方では、相手に分がある。

それをひっくり返すには、別の魅力が必要だ。

ガニアンは考え込む。

商品開発は引き続きシューラが行っていくが、自分にもそこまでインパクトのある商品が作り出せるだろうか？　それよりも、むしろガニアンの持ち味は新技術にある。

魔石の成功によって、ラフィリア・スタンダードは新興ギルドながらも、一躍名をあげることができた。ソジエンライツが体力勝負に持ち込んでくるまでは、かなりの存在感を放つことに成功している。

ならば、もう一手の発明があれば……。ソジエンライツにも対抗できるのではないだろうか。

「よし……」

そしてガニアンは、再び技術開発に戻ることにしたのだった。

ラフィリア・スタンダードを盛り返すために。

●

起死回生の一手を得るために、再び研究を始めたガニアン。

少し思いつくことがあったため、その夜は遅くまで残ってから帰宅したのだった。

「お帰りなさい、ガニアンさん」

そんな彼女を、久しぶりにアリアドが出迎えてくれる。

研究に戻ったガニアンを支えようと、また来てくれるようになったのだ。

「お疲れ様です。もうご飯はできてますよ」

「ありがとう」

そして彼女に用意してもらうまま、遅めの夕食をとるのだった。

日常での様々な面倒を見てくれる、アリアド。

ガニアンは、研究に打ち込むとき、そういったところがすぐにおろそかになるので、とても助かっている。

打ち込みすぎて体調を崩すと、結果的にうまく進まなくなってしまうし、そういった健康管理も大切なのだ。そして彼女に作ってもらった料理を食べ終えて、お風呂にも入ったガニアンを、アリアドが再びベッドで出迎えた。

「ギルドのために新しい一手は必要ですけれど、あまり根を詰めすぎても大変ですからね。まずはゆっくり休んでください」

「ああ……ありがとう」

「だから今日は、私が癒して差し上げますね♪」

そう言って、彼女が迫ってくる。

ガニアンとしても、美女に求められるのはもちろん大歓迎だ。最高に癒やされる。

ガニアンからも、アリアドの服を脱がせていった。

「んっ……」

彼女も同じように、ガニアンの服に手をかけてきた。互いの服を脱がせていき、裸になる。

「ガニアンさん……ぎゅー♪」

「うぉ……」

そんな彼を、アリアドがむぎゅっと抱きしめた。

その爆乳に抱え込まれるようにして、顔が胸に埋まる。

「お疲れ様です。なでなで……」

そして彼女はガニアンを、優しくなでてくるのだった。

柔らかな感触に包まれながらなでられると、心から癒やされていく。肌の温かさ。香しい体臭。そのすべてがすばらしかった。

「よしよし……頑張りましたね……」

そんなふうに甘やかされていると、どこまでも安らいでいくのを感じる。

「なでなで……お疲れ様……」

そのまましばらく、アリアドの好意に包まれていたのだった。

そうしていると最初は安らぎが広がっていくのだが、しばらくすれば当然、欲望もムクムクと膨らんできてしまう。

裸の美女の、おっぱいに顔を埋めているのだ。

その柔らかさと女の子の汗の匂いで、興奮してきてしまうのはしかたない。

「ガニアンさん、ここ、大きくなってますね……なでなで」

「ああ……」

彼女の手が、膨らみつつある肉竿へと伸びてくる。

そして今度は、亀頭をなでながら刺激してきた。

「なでなで、よしよし……」

敏感な先っぽをいじらて、その気持ち良さになおさら血が集まってきてしまう。

「おちんちん、ムクムクって大きくなってきましたね……♥　なでなで……溜まったものを出して、すっきりしちゃってください♥」

「ああ……そうしよう」

アリアドの丁寧な動きに愛撫され、気持ち良さが増していく。

「大きくなったおちんちんを握って……しーこ、しーこ♪」

彼女はそのまま、輪っかにした指で肉竿をしごき始めた。

「疲れとともに、溜まっちゃった精液もいっぱい出してくださいね♪」

そう囁く彼女の胸に顔を埋めながら、ガニアンは手コキを受けていく。

「ん、しょ……しーこ、しーこ。いっぱい気持ち良くなって、癒やされてくださいね♪」

そんなふうに言うアリアドに甘えながら、ガニアンはゆったりと高められていった。

彼女の優しい手つきが、肉竿を気持ち良くしていく。

「しーこ、しーこ、んっ……あ、ガニアンさん、だめっ……」

ガニアンは顔を埋めているおっぱいへと手を伸ばし、両手でやわやわとその爆乳に触れ、揉んでいった。

「あんっ……」

彼女は甘い声を漏らしながらも、手コキを続けてくれる。

「んっ……私のおっぱいで、いっぱい癒やされてくださいね……」

むにゅむにゅと柔らかなおっぱいを楽しみながら、肉竿が擦られていく。

以前にもしてもらったことがあるが、この状態は気持ち良さと癒やしを同時に感じることができるのだった。

「ん、しーこ、しーこ……ガニアンさん、んっ……いいこ、いいこ……」

彼女はそう言いながら、手を上下に動かしていく。

「張り詰めたおちんぽの先から、ん、とろとろのお汁があふれてきましたね……。ほら、しーこ、しーこ……」

アリアドは指先を器用に使って、軽く絞るように手コキをしてくる。

「ほら……くちゅくちゅっていやらしい音が出てきました……おちんぽがヌルヌルになって、ん、とってもえっちですね……♥」

彼女はそう言いながら、手を上下に動かし続ける。

ガニアンはその気持ち良さを感じながら、胸への愛撫を続けていった。

「あんっ♥　ん、ふぅっ……」

爆乳をむにゅむにゅと愛撫されて、アリアドの声にも甘いものが混じっていく。

それにあわせてか、手コキの速度もあがっていった。

「ん、しーこしーこ、ガニアンさん、あんっ♥　私のおっぱい、気持ちいいですか？」

「ああ。ずっと触っていたいくらいだ」

言いながら、ガニアンは手を動かしていく。

「んっ、あふっ……そう、ですか……あぁ……んっ。しーこ、しーこ、硬いおちんぽ♥　しこしこ、しこしこっ♪」

ガニアンは、双丘の頂点でつんと尖っている乳首をつまむ。

「あんっ♥」

その刺激に反応して、彼女の指にきゅっと力が入り、カリ裏を刺激した。

「ん、ふぅっ……しこしこ、しこしこっ♥」

胸への愛撫でアリアドのほうも感じているようで、昂ぶりによる熱が手コキにも伝わっていく。

「ガニアンさん、ん、しこしこ、しこしこっ♥」

彼女の献身的な手コキで、当然ガニアンのほうもどんどんと高まっていくのだった。

その快感を受けながら、胸への愛撫を続けていく。

「あんっ♥　ん、ふぅっ……」

柔らかな双丘を揉み、乳首をつまんでくりくりといじっていく。

「ん、はぁっ……♥」

そのピンポイントな刺激に、アリアドも敏感に反応していた。

「あっ、そんなに、乳首、んっ、責められると……あぁ♥　私、気持ち良くて、んっ、しこしこしこしこっ♥」

「おぉ……」

指の動きが速くなり、肉竿を追い詰めていく。

我慢汁まみれになった手が、いやらしい音を立てながら肉棒をしごきあげていた。

「しこしこしこしこっ♥　ガチガチおちんぽ♥　いっぱいしごきあげて……んっ、しこしこしこしこっ♥」

そのご奉仕に、ガニアンの限界が近づいていく。

「アリアド、うっ……そろそろ……」

「いいですよ♥　私のお手々で気持ち良くなって、精液、ぴゅっぴゅしてくださいね♪　しこしこしこしこっ♥」

彼女は手をさらに速め、肉棒を射精へと導いていく。

「さ、出してください♥　しこしこしこしこっ♥　しこしこしこしこっ、しこしこしこしこっ♥　びゅーびゅーっ♥」

「うっ……」

その手に誘われるまま、ガニアンは射精した。

「わっ♥　精液、勢いよく出ます♥　びゅくびゅくっ、どぴゅっ♥」

射精中の肉棒をしっかりと絞りとるアリアドに、放たれた精液がかかっていく。

「ん……すごいです、ガニアンさん♥　濃いドロドロザーメン、いっぱい、びゅーびゅーできましたね♪」

そして満足げにガニアンを見つめる。

「ああ……よかったよ……とても」

射精後の気怠さに浸りながら、ガニアンがうなずいた。

爆乳おっぱいを揉みながらの射精は、とても気持ちがいいものだ。

疲れも溶けきり、リラックスできる。

「おちんぽがすっきりできたら、このまま寝てしまいますか……？　ガニアンさんが眠るまで、そばでぎゅっとさせていただきます」

そう言って、彼女は手の精液を拭き取ってから、ガニアンの身体を優しくなでた。

このまま眠ってしまうのも、確かに気持ちがいい。

しかし、裸の美女を前にして、ガニアンの欲望はまだまだ解消されていない。

乳揉みも手コキも気持ちがいいが、やはりオスとしての本能が、かわいい女の子への種付け欲求を疼かせる。

「アリアド」

ガニアンは身を超すと、全裸のアリアドをぎゅっと抱きしめた。

「ん、ガニアンさん……」

彼女の柔らかな身体を感じながら見つめると、アリアドも潤んだ目でガニアンを見つめ返してきていた。

「んっ……」

そんな彼女にキスをしながら、優しくベッドへと押し倒す。

「ガニアンさん……あぁ……♥」

彼女は抵抗することなく、ベッドに横たわると、軽く足を開いた。

ガニアンはそんなアリアドに覆い被さり、まずはさっきも触れていた爆乳を揉んでいく。

「あんっ♥　ん、はぁっ……」

アリアドは小さく身体を動かしながらも、その両手を受け入れていった。

「ん、はぁっ……」

むにゅむにゅとおっぱいを揉んでいくのは、やはりとても気持ちがいい。

「あんっ、ん、はぁっ……♥　そんなに、おっぱいいじられたら、私、んっ……感じちゃいますっ、あぁっ♥」

快楽に身もだえるアリアドを楽しみながら、胸への愛撫を続けていくガニアン。

こうして胸をずっと触っているのもいいが、すでに欲望があふれて疼いてくる。

ガニアンは身体をずらし、その手を下へと動かしていく。

「ん、あぁ……♥」

大きなおっぱいから白いお腹を通り、おへそを軽くいじる。

「んぁ……♥」

小さく声を漏らすアリアドの、さらにその下……。

脚の間へと手を忍び込ませた。

「んぅっ……♥」

くちゅり、と水音がする。

アリアドのそこはもう濡れており、愛液をあふれさせていた。

ガニアンはそんなはしたない割れ目を指でいじっていく。

「あふっ、ん、あぁっ……♥」

くちゅくちゅと音を立てるおまんこ。

そこを指先で薄く割り開くと、とろりと淫蜜があふれ出す。

「あぁ、ん、はぁっ……」

中に指を侵入させ、吸いつく襞(ひだ)をいじりながらほぐしていった。

「ああ♥　ガニアンさん、ん、はぁっ……♥」

おまんこをいじられ、アリアドが甘い声をもらす。

ガニアンはそんな彼女の蜜壺を、さらに指先でも刺激してく。

「んはぁっ、あぁっ……♥」

「これなら、もう準備はできてるみたいだな」

「はい……ガニアンさんのおちんぽ……♥　私のおまんこに、挿れてくださいっ……♥」

アリアドがそう言うと、ガニアンは猛った剛直を膣口へとあてがった。

「あふっ……ガニアンさんの、硬いおちんぽが……んっ……」

腰を進め、温かな膣内に肉竿を挿入していく。

「んはぁっ♥　あっ、んっ……」

アリアドは気持ち良さそうな声をあげ、肉棒を受け入れていった。

ぬぷりぬぷりと、肉棒が少しずつ膣内に埋まっていく。

「あふ、ん、あぁ……♥」

蠕動する膣襞が、侵入する肉棒を締めつける。

「あふっ、ん、あぁっっ……」

ガニアンはそのまま、奥まで届かせるように腰を動かしていった。

「あふっ♥　ん、あぁっ……」

入り込むほどに、熱い膣襞(ちつひだ)が肉棒を甘く刺激してくる。

「ん、あふっ、あんっ♥」

その気持ち良さに、ガニアンの腰も自然と勢いを増していった。

「ああっ♥　ん、はぁ、あふっ、ガニアンさん、あぁっ♥」

腰を振っていくと、彼女は気持ち良さそうな声をあげる。

すっかりと濡れた蜜壺が、肉棒をしごきあげていった。

「んはぁっ♥　あっ、太いおちんぽが、私の中を、いっぱい、ん、あぁっ、はぁっ……ああっ、ん、くぅっ！」

「う、久しぶりだからか、すごい締めつけだな……」

うねる膣内は気持ちがよく、ガニアンも思わず声を漏らしてしまう。

「あふっ、ガニアンさんのガチガチおちんぽも♥　あぁ、私のおまんこで、んっ、ふぅっ……気持ち良くなってるんですね」

「ああ……いいよ、とっても」

絡みついてくる膣襞にしっかりと肉棒を咥え込まれながら、ガニアンはうなずいた。

そしてだんだんと、腰の動きも激しいものになっていく。

「んはぁっ♥　あっ、あうっ……ガニアンさん、ん、はぁっ♥」

抽送のたびに甘い声をあげていくアリアドに、ガニアンの腰ふりにも熱が入っていく。

「あんっ♥　あっ、んはぁっ……」

嬌声をあげるアリアドが、うるんだ瞳でガニアンを見上げた。

その感じている表情もまたエロく、ガニアンのオスを興奮させていく。

「あぁっ♥　ん、はぁっ……」

腰を押しつけるようにして、深い位置でのピストンを繰り返した。

「ああっ♥　もう、んぁ、私、あふっ……気持ちよすぎて、イっちゃいそうですっ……♥　ん、ぁあっ、んくぅっ！」

「う、あぁ……俺もだ」

アリアドの膣内（なか）の気持ち良さに、ガニアンも限界が近づいてくる。

「あぁっ♥　ん、はぁっ、ガニアンさん、あうっ、ん、はぁっ……♥」

アリアドは色っぽい嬌声をあげながら、ガニアンにぎゅっと抱きついてくる。

やわらかなおっぱいが押し当てられ、快楽に火照る様子が感じられる。

「んあっ♥　ああっ、そのまま、きてくださいっ……♥　私の中に、んはぁっ♥　ああっ、ガニアンさんの、精液、出してくださいっ♥」

「ああ……いくぞ……！」

アリアドのえっちなおねだりに、肉棒も反応してしまう。

ガニアンはさらにペースをあげて腰を振っていった。

「んはぁっ♥　あっあっあっあっ♥　熱いおちんぽ♥　私のおまんこをいっぱい突いて、ん、はあっ、あぁっ！」

絡みつく膣襞が肉棒を刺激し、射精を促してくる。

「あっあっ♥　ん、はぁっ♥」

気持ち良さそうな声で喘いでいくアリアド。

彼女はぎゅっとガニアンにしがみつきながら、全身で彼を求めてきた。

「んはぁっ♥　ああっ、すごいの、ああっ♥　気持ち良くて、もう、ん、ああっ！」

その快楽に、ガニアンも激しく腰を振っていった。

「ああっ♥　あっあっ♥　もう、イクッ！　ああっ、私、ん、はぁっ、イっちゃいますっ♥　んぁ、あう、んはぁっ！」

「ぐっ……俺も、出す……！」

「はいっ！　きてくださいっ♥　んぁ、私のおまんこで、ああっ♥　好きなだけ気持ち良くなって、いっぱい、いっぱい出してくださいっ♥」

「ああ……いくぞ！」

ガニアンは激しく腰を振り、ラストスパートをかけていく。

「んはぁっ♥　あっ、もうだめぇっ♥　イクッ！　んはぁっ♥　あっあっ♥　イクッ、イクイクッ、んくぅぅぅぅっ♥」

身体を大きく跳ねさせながら絶頂するアリアド。

彼女の脚がぐっとガニアンの腰に回り、自らのほうへと引き寄せる。

「うぉ、出る！」

どびゅ！　びゅくくっ、びゅるるるるるっ！

膣奥まで迎え入れられたガニアンは、そのまま射精した。

「んはぁぁぁっ♥　あっ、あぁ……♥　ガニアンさんの、熱いせーし……私の中に、いっぱい、注がれてます……♥」

うっとりと言うアリアドだったが、そんなおっとりとした彼女とは裏腹に、膣襞はしっかりと肉棒を絞り上げてくる。

「ああ……出てます……まだ……いっぱい」

ガニアンは熱い膣内に、精液をどくどく注ぎ込んでいく。

「あふっ……♥」

肉棒が引き抜かれると、アリアドは快楽の余韻に浸りながらも脱力していった。

「ガニアンさん……♥」

ガニアンも、そんな彼女の隣に倒れ込む。

そして優しく、彼女を抱きしめるのだった。

体力は使い果たしたが、精神的にはとても癒やされた。やはり、アリアドとのセックスは最高だ。

そんな満足感を抱きながら、眠りに落ちていくのだった。

●

ラフィリア・スタンダードでは、誰もが自由に研究を行うことができる。

技術者たちには、今回はそんな環境を提供してくれるラフィーを助けるためなんだという意識もあった。

そのため、ガニアンもまた、研究に打ち込んでいく。

生成技術によって手軽に作られ、幅広く供給できるようになった魔石。

しかし、欠点がまるでないというわけではない。

その中の一つに、魔力量の問題があった。

やはり強力なモンスターや、自然界の濃い魔力下で生まれた魔石に比べると、大きな魔力は得られない。品質が人間の魔術師の技量にもよるので、そこまでのものにはならないのだ。

これぱかりは、どうしようもなかった。

現状ではまだ、魔石に内包させる魔力を濃くするアイデアというのも、浮かばない。

世界中の魔法技術自体が衰退してきており、魔力そのものに関する研究自体も止まっているのが厳しいところだった。このまま魔術師が減れば、おのずと消え去ってしまう可能性もある。

そんな中でガニアンが考えたのは、複数の魔石を一緒に使うことで、擬似的に大きな魔石と同じだけの力を発揮できないか、ということだった。

これは、今までのモンスター産の魔石などでは、考えられなかったことだ。

それぞれの魔力に相性があり、反発したり干渉したりすることで、不具合を生じさせる危険性が大きかったからだ。

しかし魔石生成によって作られる魔石の場合、基本的には同じ属性の魔力となる。

そのため、工夫次第では複数の魔石を一つのものとして扱えるのではないか、と考えたのだった。

ガニアンはその研究に打ち込んでいき――ついに完成させた。

元々、魔石魔道具も魔石生成もガニアンの発明だ。

そのため、魔石の扱いに関しては、ガニアンに圧倒的な優位性がある。

いざ商品にするときはシューラを始め、多くの優秀な開発者たちがいるのだが、構造そのものへの理解や運用には、ガニアンが抜きん出ていた。

そして一計も案じ、この魔石複合運用に関しては特許で公にするのではなく、ブラックボックス化して専売とすることにしたのだった。ソジエンライツに情報が流れないようにしたのだ。

それによって、流れは一気に変わっていった。

まず、複数魔石の運用という第二の発明によって、ラフィリア・スタンダードはまた大きく目立つことになった。

短期間での二つの大発明は、とても目を引く。業界はもちろん、一般市民の間でも、魔石魔道具の第一人者として、三度ガニアンが認識されるようになった。

その結果、市民のラフィリア・スタンダードへの信頼は、他とは一段違うところに到達するのだった。

専門家ではない多くの人にとっては、知名度というのが、そのまま信頼につながりやすい。

小さな魔石は出力が小さいために、値段がかなり安い。そんな魔石の性質上、小さな魔石を組み合わせて使える技術は、コストを大きく引き下げることになった。

生成による人工魔石もコストの大幅な引き下げを可能としたが、そうはいっても、大きな魔石を生成するには手間がかかるため、以前と変わらずサイズによる値段の差は大きかった。

それが、複数での運用によって、大幅に解消されたのだ。

しかも今回は、公開せずブラックボックス化しているため、この技術はラフィリア・スタンダードにしか扱えない。

ソジエンライツは文句を言ってきているが、ラフィーは悠々とそれをかわしていた。

独自の技術を公開しないのは、違法でも何でもないことだ。

結果として、ラフィリア・スタンダードを市場から閉め出すことはできなくなった。

それどころか価格的にも立場が逆転したことで、ソジエンライツは赤字による体力勝負を取りやめることになったのだった。

ついにギブアップし、ソジエンライツが価格を上げたことで流れは完全に変わった。

ソジエンライツは、大幅にシェアを失っていくことになるのだった。

「お疲れ様です、ガニアンさん」

「ありがとう。アリアドこそ、お疲れ様。開発がらみで、いろいろ頼んじゃったしな」

「いえ……いきいきしているガニアンさんを見るのは好きなので、そのためならがんばれちゃいますよ」

そう言って彼女は笑みを浮かべた。いつでも支えてくれたアリアドを、ガニアンは眺める。

「これで、魔石魔道具を普及させつつ、ギルドも安泰だな」

「そうですね」

そして一息ついたふたりは、お互いの苦労を労りあうのだった。

●

開発が終わり、一躍トップへと躍り出たラフィリア・スタンダード。

ガニアンはまた少し、のんびりできるようになった。

そんなある夜、ガニアンの元をラフィーとシューラが訪れたる。

「先輩、今日はふたりで来ちゃいました♪」

「一緒にねぎらって、いっぱい気持ち良くしてあげるわ」

そう言って、彼女たちがガニアンの元へと近寄る。

珍しい組み合わせだ。その活力に押されそうだが、嬉しいことなので、そのままベッドへと向かうのだった。

「先輩……」

シューラがガニアンのズボンに手をかける。

「あたしも、んっ……」

ふたりの美女によって、すぐに下着ごと脱がされてしまう。

「ガニアン、ほら……」

「おお……」

ラフィーが胸元をはだけさせながら、そのおっぱいをアピールしてくる。

彼女自身が小柄ということもあり、おおきなおっぱいが余計に強調されていてエロい。

そんな光景に思わず見入ってしまうガニアンだった。

すると同じく胸元をはだけさせ、おっぱいをアピールしてくるシューラ。

美女ふたりにここまで誘惑されれば、ガニアンの股間も滾ってしまう。

「先輩のここ、すぐに大きくなってきましたね」

半勃ちの肉竿に、細い指が添えられる。

柔らかな手が、肉棒を優しく包み込んだ。美少女の手の中で、すぐにぐんぐんと膨らんでいく。

「あっ、おちんちんが急に硬くなってきてます♪」

楽しそうに言ったシューラが、そのまま軽く指を動かしてきた。

すぐに肉棒は完全勃起し、彼女の手のひらから大きくはみ出してくる。

「じゃあ、この立派なおちんぽに、ご奉仕しますね」

「あたしも、れろっ」

「うおっ……」

はみ出した亀頭をラフィーが舐めてきて、思わず声をもらす。

シューラも手を離し、その顔を寄せてきた。

「れろっ……」

「ちろっ♪」

ふたりはそのまま顔を寄せると、舌を伸して肉竿をぺろぺろと舐めてくる。

「れろっ、ちゅっ♥　れろー♥」

「ん、ちろろろっ……」

シューラが大きく舐めながら肉竿にキスをしてくると、ラフィーは小刻みに舌を動かしてカリ裏を刺激してくるのだった。

「ぺろぉっ♥　ちろっ」

「れろろっ、ちゅっ、ちゅぱっ♥」

ふたりの美女が顔を寄せ合って肉棒を舐めている光景はかなりエロく、そそるものだ。

「あむっ、ちゅっ、れろっ……」

「ちろっ、ぺろろっ……。ふふっ、ガニアン、気持ち良さそうな顔してるわね」

「ああ、とてもいい感じだ」

「そうなんだ♪　それじゃもっと、ちろろろろろっ！」

「おお……」

妖艶な笑みを浮かべたラフィーが、舌先を器用に動かしてくる。

敏感な部分を刺激されて、ガニアンはその気持ち良さに思わず声を漏らした。

「わたしも、れろっ、ちゅぱっ♥」

シューラもあわせるようにフェラを行い、肉竿がどんどんと高められていく。

「あむっ、じゅるっ……れろろろっ」

「ちゅぱっ、ん、ちゅぷっ……」

彼女たちのフェラに感じていると、すぐにでも出してしまいそうだ。

「あむっちゅぷっ……先輩、んっ、先っぽから、我慢汁があふれてきてますね」

「ああ……こんなにいいとな」

「ん、れろろっ……いいわよ。そのままあたしたちのお口で一度、れろぉっ♥　いっぱい、せーえきぴゅっぴゅしてね♪」

「うぉ……！」

ラフィーが誘うように言いながら、幹を舐めあげて射精を促してくる。

「あむっ、ちゅぷっ」

「れろっ、ちゅぱっ……」

ふたりの口が積極的に肉竿を舐め、しゃぶってくる。

「ガチガチのおちんぽから、ん、我慢汁がとろとろとあふれてきて……♥　れろっ、ちゅぷっ、ちゅぅぅっ♥」

シューラがぱくりと先端を加えると、そのまま吸いついていく。

我慢汁が吸い上げられるのと共に、快感が腰の奥からあふれ出してきた。

「んむっ、ちゅぅっ、ちゅぱっ♥」

「それじゃあたしは、この血管が浮き出たエロいおちんぽを……♥　ん、ちゅぶっ……ちゅぱっ、ちゅくっ」

「ああ……」

ラフィーは幹を咥えると、そのまま唇が上下に動いていく。

「んむっ、じゅぱっ、ちゅぷっ……」

小さな唇で肉棒をしごかれると、射精感が一気に増してくる。

「んむ、ちゅぷっ、れろっ♥」

「ちゅぱっ、ちろっ、ちゅぅっ♪」

「う、ああ、そろそろ出そうだ」

「あむっ、れろっ……いいですよ。そのまま、お口に出してください♪　ちゅぷっ、ちゅっ、じゅるるる！」

言いながらシューラがバキュームをしてくる。

「あたしも、おちんちんしこしこして手伝うわね♥　じゅぷっ、じゅぱっ！」

ラフィーも勢いを増し、その唇で肉竿をしごきあげる。

その気持ち良さに、ガニアンは身を任せた。

「じゅぶぶっ、ちゅっ、じゅるっ！　じゅぽじゅぽ！」

「んむっ、ん、んんっ♥　あむっ、じゅるっちゅぶっ！」

「う、ああ、出る！」

二重に攻めてくる最高のフェラで、精液がこみ上げてきた。

「じゅぼぼぼぼっ！　じゅぶっ、ん、せんぱい♥　じゅるっ、ちゅううぅぅっ！」

「ああっ！」

そしてシューラに吸われるまま、ガニアンは射精した。

「んむっ♥　ん、んんっ♪」

勢いよく飛び出す精液を、彼女がその口で受け止めていく。

「んく……ん、ちゅぅっ♥　ごっくん♪」

出された精液を、シューラはすべて飲み込んでいくのだった。

「あふっ♥　せんぱいの濃いせいえき……♥　いただいちゃいました♥」

うっとりとそう言うシューラはとてもエロく、それだけでまたすぐに滾ってしまう。

「ね、ガニアン♥　つぎはあたしも、ね？」

そう言って、ラフィーが迫ってくる。

「ああ、そうだな」

するとラフィーが彼を押し倒してきて、腰に跨がった。騎乗位でしたいらしい。

「あたしのここ、んっ♥　もうこんなに濡れちゃってる……♥」

そう言って下着を脱ぎ去ると、くぱぁっとおまんこを広げる。

見上げたそこはもう愛液をあふれさせており、淫らに蠢くピンク色の襞が見える。

それがオスの本能を刺激して、すぐにでも挿れたいと思わせるのだった。

「ん、ふぅっ……♥」

その魅惑的な入り口に見とれている間に、ラフィーは腰を下ろしてきた。

「んっ、はぁ……んっ♥」

ぬぷり、と温かな膣道が肉棒を迎え入れる。

「んぁ♥　あっ、ガニアンの、んっ……おちんぽ、入ってきてる……♥　あたしの奥まで……ん、はぁ、ああっ！」

ラフィーはそのまま腰をおろして、肉棒を受け入れた。

「あふっ、んっ……♥」

ぬれぬれの膣襞が肉棒に絡みついてくる。

その気持ち良さを感じていると、彼女のほうも挿入の快感を充分に感じているようだった。

「先輩♥」

「シューラも、こっちに」

ガニアンはシューラを自分のほうへと呼び、そのまま顔の上に来させる。

見上げる彼女のおまんこはもうはっきりと濡れており、下着が貼りついて、秘められた場所のかたちを赤裸々に示していた。

そんな彼女の下着をずらし、そのまま顔に跨がらせる。

「あっ、んっ……♥」

濡れたおまんこに舌を伸し、舐めあげる。

「あんっ♥　ん、ふぅっ……せんぱい、んっ」

秘裂を舐めあげられたシューラが色っぽいをあげながら、快楽に身もだえる。

「ん、はぁっ♥　ふぅっ……」

その間にも、ラフィーはゆっくりと腰を動かしていった。

ガニアンの肉棒が、そのキツい蜜壷に擦りあげられる。まだまだラフィーの秘穴は、初々しさを保っていた。

「あっ♥　ん、はぁっ……きちゃう……あっ」

「んぅっ、せんぱいの舌が、んぁ、ああっ！」

自分の上でふたりの美女が感じ入り、激しいく乱れている。

その状況にガニアンの興奮は増し、舌の動きにも熱が入った。

「あんっ♥　あっ、せんぱい、ん、はぁっ……♥」

シューラの陰唇をかき分け、その内側へと舌を這わせていく。ヒクついた襞が、舌を誘いこむように蠢いた。

「んはぁっ♥　あっ、ガニアン、んぅぅっ……また……おっきくなった！」

淫らなメスの芳香で肉棒が反応すると、それを咥えこんでいるラフィーが声をあげた。

「おちんぽ、んっ♥　あたしの中、ズンズン突いてきてて、ああっ♥」

淫らに腰を振るラフィーが、嬌声をあげていく。

「せんぱい♥　あっ、ん、ふぅっ……」

そしてシューラのほうも、色めいた声を漏らしながら舌の愛撫を受けていた。

美少女ふたりのおまんこを同時に味わい、ガニアンの興奮も増していくばかりだ。

その昴ぶりに合わせて、舌と腰を動かしていく。

「んはぁっ♥　あっ、ガニアン、ん、あうっ♥」

「せんぱい♥　んぁ、ああっ！」

ふたりが嬌声をあげながら、ガニアンの上で乱れていく。

「あふっ、そんなに、おまんこぺろぺろされたらぁ♥　わたし、んぁ、あっ！　もうっ、ん、イっちゃいますっ♥」

「あふっ、ん、くぅっ……！　あたしも、んぁ、ああっ！」

そんな彼女たちを責めながら、ガニアンも限界が近づいていくる。

「んぁ、あっあっ♥　先輩、わたし、もう、イクッ！　んぁ、あっ。先輩の舌で、んぁ、イクゥッ！　んはぁぁっ！」

びくんと身体を跳ねさせて、まずはシューラがイった。

愛液があふれだし、ガニアンの顔を濡らしていく。

濃厚なメスのフェロモンに包み込まれ、ガニアンの欲望も膨らんでいった。

「あたしも、あっあっ♥　もう、イクッ！　ん、ああっ……！　ガニアンも、んぁ、あたしの中で、イって……んぁっ！」

そう言って、ラフィーは激しく腰を振っていく。

「んは♥　あっ、ん、くぅっ！」

膣襞が肉棒をしごきあげ、精液をねだってくる。その膣蠕動に、ガニアンの精液が上ってきた。

「んはぁっ♥　おちんぽ、おまんこの中で膨らんで、ああっ♥　もう、くっ、んぁ、イクッ、イクイクッ！　イックウウゥウゥゥッ！」

どぶっ！　びゅくんっ、びゅるるるるっ！

ラフィーが絶頂し、ぎゅっと膣道が締まったのに合わせて、ガニアンは射精した。

「あぁっ♥　熱いのが、あたしの中に、びゅくびゅく出てるっ♥　んぁ、ああっ……♥」

絶頂おまんこに中出しを受けて、ラフィーが嬌声をあげた。

そんな彼女の膣襞は、しっかりと肉棒に絡みついて、精液を搾り取ってくる。

「あふぅっ……♥　すごい、ん、あうっ……♥」

そうして余さず精液を搾り取られながら、ガニアンは幸福な倦怠感に包まれていくのだった。

●

研究が完成したことで一息つけるようになったガニアンは、シューラと街へ出ていた。

「やっぱり、こうして先輩と街を歩くのって、意外と珍しいですよね」

「以前までを考えたら、それでも一緒にいるほうだけどな」

「それはそうですね」

並んで話しながら歩いていく。

ここ最近はガニアンが研究に打ち込んでいたため、一緒に過ごす時間が減っていた。

ラフィーと部屋を訪れたことなどもあったが、ふたりで外出するのはほんとうに久しぶりだ。

とはいえ、シューラとガニアンの付き合いは、三人の中でもいちばん長い。

最初は前のギルド、ソジエンライツの新人として彼女が入ってきたときだ。

その頃は、教育係としてギルド内で一緒にいることが多かったものの、仕事後には少し話すくらいの関係で、プライベートの付き合いはほとんどなかった。

魔石研究が評価されていたガニアンは、当時忙しかったというのもある。

仕事にばかり目がいっていて、あまりプライベート自体、そう力を入れているわけではなかったのだった。

その後、シューラは商品開発のほうに移り、頭角を表していく。

シューラが若手のエースとして台頭していくのと反対に、基礎研究だったガニアンは目立つ成果が出ず、ギルド内での扱いも悪くなっていった。

そのうち、彼の部門は窓際のような扱いになったので、接点がなくなっていったのだ。

シューラのほうは変わらずガニアンに好意を抱いていたのだが、直接の上司でもなくなり、職場で顔を合わせられないとなると、なかなか話す機会も作れない。

その頃に比べれば、研究で多少ガニアンが引きこもっていても、今は共通の時間が多いだろう。

そんな変化も懐かしみつつ、ふたりは街を歩いていくのだった。

研究も一区切りついたので、リフレッシュということでデートをしていくふたり。

街を見て、軽く買い物をして、食事をする。

食事を終えることにはすっかりと日も暮れており、夜の街を並んで歩く。

そしてガニアンの家へと向かったのだった。

ふたりは一緒に、お風呂へと入る。

「なんだか、こうやって明るい中だと……裸なの、ちょっと恥ずかしいですね……♥」

お風呂ということで全裸になっていたシューラは、そう言って軽く身体を隠すようにした。

その仕草は恥じらいもあって、かえってエロい。

シューラは照れながらも、テンション高めに言った。

「さ、先輩、お背中を流しますよ♪」

そう言ってガニアンを椅子に座らせて、石鹸を泡立てていく。

せっかくなので、ガニアンは彼女に任せることにした。

シューラは泡だらけになった手で、ガニアンの身体を洗ってきた。

「こうして触ってると、先輩の肩幅ってやっぱり広いですよね」

「そうか？」

ガニアンは、背こそ高めではあるものの、そう体格に恵まれているほうでもない。

研究職でインドア派だということもあり、どちらかといえば細身なタイプだ。

それでもやはり、シューラなど女の子と比べると肩幅ぐらいは広いのだろう。

「そうです。男の人って感じがします」

そう言いながら、彼女の柔らかな手が肩を洗っていく。

その気持ち良さを感じながら、ガニアンは奉仕されていく。

「ん、しょっ……」

彼女は丁寧に、ガニアンの肩から腕にかけて洗っていった。

「次は背中ですね。ここは。んっ……」

むにゅり、と背中に柔らかな感触が伝わる。

「ふぅ……んっ♥」

そして同時に、耳元に艶めかしい吐息がかかる。

シューラはおっぱいを使って、ガニアンの背中を洗い始める。

「ん、しょっ……これ、どうですか、先輩？」

「ああ、気持ちいいな」

「んっ……♥　はい♥　じゃあ続けますね」

ガニアンが答えると、シューラはそのままおっぱいを背中にこすりつけていく。

「あっ……♥　ん、ふぅっ……」

柔らかなおっぱいの感触と、美女に胸を押し当てられるシチュエーション。

そしてシューラの色っぽい吐息に、ガニアンの興奮が増していった。

「ん、しょっ……あふっ……♥」

彼女はそのまま、泡だらけのおっぱいをこすりつけながら上下する。

「んんっ……♥　しょっ、えいっ♪」

シューラのおっぱい洗いを受けて、ガニアンはムラムラしてきてしまう。

「ん、せんぱい……♥　ん、どうですか？」

「すごく気持ちいいよ」

「そうですか、ん、ふぅっ……♥」

むにゅむにゅとおっぱいを当てられているのは、とてもいい感触だ。

それにこれは、エロい状況だと思う。

「ん、はぁ……♥」

その心地よさに浸っていると、柔らかなおっぱいに反応が見られる。

「シューラ」

「何ですか、先輩……♥」

「背中にちょっと、硬いのが当たってるぞ」

柔らかな双丘の頂点で、乳首が主張を始めていた。

「あっ……そんな、んっ……♥」

「感じてるのかな？」

「あぅっ……だって、ん、これ、こすれて、あぁ……♥」

耳元で恥ずかしそうに、色っぽい声を出すシューラ。そんな彼女に興奮は増していく。

「あぁっ……ん、ふぅっ……」

彼女は恥ずかしがりながらも、より大胆に身体を動かし、おっぱいをこすりつけてくる。

「ん、はぁっ……♥　ああっ……」

シューラのご奉仕を受けて、ガニアンのほうもすっかりと昂ぶっていた。

「ん、先輩も、硬くなってるじゃないですか……♥」

背中越しにのぞき込んできたシューラが、後ろから手を伸ばしてきた。

「ほらぁ♥　こんなに熱く、ガチガチになって……♥」

彼女は背中におっぱいを当てながら、肉竿を握る。

「おぉ……！」

泡だらけの手がヌルヌルと肉棒を擦ってくる。

「先輩♥　ん、ここもしっかり洗っていきますね……♥　ぬるぬる……しーこ、しーこ……♥　きゅっきゅっ♪」

「うっ……おお」

ひねりを入れた手コキに、ガニアンも思わず声を漏らしてしまう。

泡まみれでスムーズに動く手が、肉竿を擦りあげてくる。

「ん、しょっ……ふぅっ……この、おちんぽの筋のところも、しっかりと、あふっ……」

「う、あぁ……！」

彼女の手は裏筋やカリ部分も、丁寧に擦っていく。

敏感なところをヌルヌルの手でいじられ、ガニアンの肉棒は快感に震えた。

「あふっ……♥　せんぱいの大切な場所……♥　しっかりきれいにしないといけませんね。ほら、ん、しょっ……♥」

「シューラ……」

彼女の手が優しく、肉棒を洗ってくれている。

「ぬるぬる……しーこ、しーこ……♥」

そのいやらしい手つきに、ガニアンの欲望はどんどんと膨らんでいった。

「おちんちん、ひくひくしてますね……♥　あふっ……こんなおちんちん見て触ってたら、わたしも……ん、はぁっ……♥」

すっかりと泡まみれになった肉竿をいじりながら、シューラが言う。

「ん、はぁ……先輩……立ってください……先輩のガチガチおちんぽ♥　もっとしっかり、洗って差し上げます……♥」

シューラに言われて、ガニアンは立ち上がる。

すると正面から、シューラが向かい合うように立った。

「ほら先輩のおちんぽを……ここに挟んで……んっ……」

シューラは肉竿を手にすると、自らの脚の間へと導いた。

「んっ……ここで、擦って……」

「うぁ……！」

そして太ももで肉棒を挟み込むと、身体ごと動かしていく。

「あっ♥　ん、はぁっ……♥　せんぱい……♥」

柔らかな内腿で、肉竿をしごいてるシューラ。いわゆる素股で肉棒を刺激していった。

「硬いおちんぽ♥　ん、わたしの足を押し返してきてます……しっかりとお股に挟んで……ん、ふぅっ……♥」

彼女が動くたびに、肉棒が擦りあげられて気持ちいい。

挟み込んでいる内腿に加えて、陰裂の秘肉が肉竿の上部にこすれているのだ。

「あぁっ……先輩のおちんちんが、んっ♥　私のアソコにこすれて、これっ……♥　あっ、ん、はぁっ、ふぅっ……」

すぐ耳元で艶めかしい声をあげるシューラに、ガニアンの昂ぶりも増していく。

「せんぱい、あっ♥」

ガニアンは少し腰の角度を変えて、そんな彼女の割れ目をもっとしっかりと擦っていく。

「あっ、だめ、んっ、はぁっ……♥　入っちゃいます♥」

シューラは喘ぎながら、ガニアンを見つめる。その表情はすっかりと発情しており、だんだんと自ら、チンポにおまんこをこすりつけてくるのだった。

「あぁっ♥　ん、はぁっ……ふぅっ、んっ……」

彼女はなめらかに腰を動かして、肉棒を擦りあげていく。

「あっ♥　ん、はぁ……ふぅっ、ん、くぅっ……せんぱい……♥　ああっ、もっと、はぁっ……♥」

浴室に艶めかしい声が響く。嬌声がエコーのようになっていて、そのエロさを増していた。

「あふっ、ん、あぁっ……♥　あんっ♥」

腰を振るシューラはとても艶やかで、可愛らしさとはしたなさがあわさっている。

「あふっ、ん、気持ち良くて、でも切なくて……あっ、ん、はぁっ♥ せんぱい……♥ ん、くぅっ、あふっ……！」

そんな彼女を見ていると、ガニアンも我慢できなくなってくる。

「ひゃうっ……♥」

ガニアンはシャワーを出すと、ふたりの身体をお湯で流していく。

泡だらけだったふたりがまっさらに、ありのままの姿になっていく。

「シューラ……」

そんな彼女を抱きしめ、ガニアンはその猛りを再び、彼女の割れ目に押し当てる。

「ん、せんぱい……♥」

そして軽く足を上げさせると、割れ目の奥を肉棒で押し広げていく。

「ん、あぁっ……♥」

彼女は片足をあげたまま、ガニアンに抱きつくようにする。

大きな胸がガニアンの胸板に当てられ、むにゅんっと柔らかくかたちを変えた。

「あっ♥ ん、はぁっ……！」

そして肉棒が、ついに膣内へと侵入していく。

「あうっ、ん、はぁっ……♥」

お湯とは違う液体で濡れたその蜜壷に、肉棒がぐっぽりと埋まっていった。

「あふっ……先輩の、おちんぽ♥　わたしの中に、んっ、入ってきて……あっ、はぁっ、あぁっ♥」

蠢動する膣襞が肉棒を迎え入れ、絡みついてくる。

「あんっ♥　ん、はぁっ……！」

ガニアンはそのまま、ゆっくり腰を動かしていく。

「あっ♥　ん、はぁっ……！」

膣襞をかき分け、擦りあげていく。そのまま腰を動かすと、彼女が嬌声を高めていった。

「んはぁっ！　あっ、せんぱいの、おちんぽ……♥　わたしのおまんこを、いっぱい擦って、あっ、ん、はぁっ……♥」

浴室内に響く喘ぎ声。

シューラは気持ち良さそうに声をあげながら、ガニアンに抱きつく。

「あぁっ♥　せんぱい、んぁ、あぁっ……！」

ガニアンは腰を動かし、そんな彼女の膣内を往復していく。

「んはぁっ！　ああっ、ん、くぅっ♥」

彼女が気持ち良さそうな声をあげていくのに合わせて、ガニアンの腰遣いもテンポを速めていくのだった。

「んぁっ、あっ、ん、はぁっ……♥　せんぱい、ん、くぅっ……そんなに、おまんこかき回されたら、わたし、んっ♥」

ガニアンに抱きつきながら、シューラが喘いでいく。うねる膣襞が肉竿を刺激してくる。

「あっあっ♥　せんぱい、んぁっ、あふっ、イクッ！　わたし、イっちゃいます、んぁ、気持ちよすぎて、あっ、んはぁっ……！」

彼女の手に力が入り、より密着してくる。

ガニアンはさらに腰を激しく振って、そのおまんこをかき回していった。

「んはぁっ！　あっ、ああっ♥　もう、だめぇっ……！　んぁ、イクッ！　あっあっ♥　イクッ、イクウゥウゥウゥッ！」

シューラが絶頂し、ぎゅっとしがみつく。その膣道がきゅっと収縮して、肉竿を締めあげた。

最高の気持ち良さに襲われ、ガニアンも限界を迎える。

「んはぁっ♥　あ、せんぱい、んぁ、イってるおまんこ、そんなに突かれたら、わたし、んぁ、あっ♥　またイクッ！　ん、はぁっ！」

絶頂中のおまんこをかき回されたシューラが、浴室いっぱいに嬌声を響かせていく。

うねる膣襞が肉棒を締めつけ、精液が欲しいとねだっていた。

「んはぁっ♥　あっ、ん、はぁっ、あうっ！」

「俺も、もう出そうだ」

「せんぱい、あぁっ♥　だめぇっ……♥　今、んぁっ♥　中に出されたら、気持ちよすぎて、おかしくなっちゃいますっ……♥」

そう言うシューラだったが、おまんこのほうはすぐにでも出してほしいと肉棒に絡みつき、おねだりしてくるのだった。

そんな淫乱おまんこ要求に、肉棒もついに限界を迎える。

「ぐっ、出すぞ！」

ドビュッ！　ビュクッ、ビュルルルルルッ！

ガニアンは腰を突き出すと、そのまま美少女への中出しをしていく。

「んはぁぁぁぁっ♥　あっ、ああっ！　熱いの、んぁ、びゅくびゅくっ♥　わたしの中に、でてますぅっ♥」

放たれた精液を受け止めて、シューラが再びイった。

「あふっ、ん、あぁっ……♥　すごい、ん、はぁっ……！」

「うっ……！」

射精中の肉棒をしっかりと咥えこみ、精液を受け止めていくおまんこ。

その子宮の奥へと、ガニアンは余すところなく精液を吐き出していった。

「んはぁっ……♥　あぁ、せんぱい……」

彼女はそのまま、体重を預けてくる。

「んっ……♥」

ガニアンは彼女を抱きしめたまま、腰を引いて肉棒を抜いた。

「あふぅっ……♥」

落ち着いたあとで、ふたりはしっかりと身体を洗い合うと、そのまま湯船で温まるのだった。

# 第五章　安泰の日々

新興ギルドでありながら、二つの新技術によってトップに躍り出たラフィリア・スタンダードは、今や市場でも圧倒的な存在感を誇っていた。

新人育成こそしているが、ギルド自体はまだ少人数のままにし、いくつかのギルド提携というかたちで傘下に加えることで、その勢力を拡大させている。

主な財源である魔石生成特許による収入も、魔道具の庶民への普及と発展によって、さらに膨らんでおり、先行きは明るい。

当分は、何もしなくてもいいくらいだった。

もちろん実際にはそれに加え、ラフィリア・スタンダードにしかない複数魔石の利用技術を用いた魔道具も爆発的なヒットとなっており、収入はさらに大きくなっている。

そのため、大きな開発が終わり、ガニアン自身はかなり落ち着いた環境になっていたが、ラフィリア・スタンダード自体は十分に賑わい、忙しくなっていた。

他ギルドとの提携で生産体制も整い、一時の修羅場状態は脱したものの、事務面でも相変わらず相当な仕事量だ。

それでもアリアドは、ある程度は落ち着いたことを理由に、ガニアンの世話をするのを再開させていた。

彼女自身、そのほうが張り合いがある、ということだった。

ただ、今日は仕事がとくに忙しかったため、残業で遅い時間になっていた。

「んー……」

「お疲れ」

仕事を終え、のびをしたアリアドに声をかけるガニアン。

「あ、ガニアンさん」

「アリアドはいつでも忙しそうだな。大丈夫か？」

尋ねると、彼女はうなずいた
「はい。忙しさは大丈夫ですよ。ただ、ガニアンさんと過ごす時間が減っちゃう日は、ちょっと残念ですけどね」

そう言って苦笑を浮かべるアリアドは、やはり可愛らしい。

「何か、俺にもできることがあればいいんだけどな」

ガニアンがそう言うと、彼女は上目遣いに彼を見た。

「それなら、このあと一緒にお食事とかどうですか？　私にご褒美をください」

ちょっといたずらっぽく笑う彼女に、ガニアンはうなずいた。

「ああ、それはいいな。それじゃ、いこうか」

そう言って、ふたりは夜の街へと出てゆくのだった。

●

食事を終えたふたりは、そのままガニアンの家へと向かった。

いつもどおり軽くお茶を飲むと、それからシャワーを浴びる。

その後はもちろん、ベッドだ。

ふたりは入浴後の裸のままで、ベッドへと向かう。

「ガニアンさん、んっ♥」

アリアドが、軽く背伸びをしながらキスをした。

「ちゅっ……♥　んんっ」

そのまま数度キスを繰り返し、舌を絡めていく。

「ん、れろっ……ちゅっ♥」

柔らかな唇を感じながら、ガニアンもアリアドの舌を愛撫していく。

「んむっ、んんっ……♥」

アリアドは手を下へと伸ばし、ガニアンのペニスへと触れる。

「ん、れろっ……♥」

熱く舌を絡めながら、刺激的に指も動かして愛撫してきた。

「んむ、んっ♥　ガニアンさんのおちんちん、キスとお手々で大きくなってきましたね♪　ほら、ん、しょっ……」

自分の手の中で大きくなっていく肉竿を、嬉しそうにいじっている。

「ふふっ、立派なおちんぽです♥」

しなやかな手に擦りあげられると、ガニアンの興奮も増していった。

ガニアンもお返しに、アリアドのたわわなおっぱいへと手を伸す。

「あんっ♥」

むにゅり、と豊かな双丘に触れると、彼女が嬉しそうに声をあげる。

「ガニアンさん、んっ……♥」

そしてまたキスを繰り返しながら、彼女も手を動かしてきた。

「れろっ、ちろ……」

ガニアンも舌を絡めながら、興奮しつつ巨乳を揉んでいく。

「んむ、んっ……♥」

キスをしながら互いに愛撫を行っていると、すぐに昂ぶってしまう。

「ガニアンさん……♥」

張り詰めた肉棒を擦りながら、アリアドが上目遣いに見る。

「この、ガチガチのおちんちん……私のここにください……」

そう言って肉竿を脚の間へと導き、潤んだ割れ目にこすりつけてくる。

「ああ……」

もうすっかりと濡れたそこが、淫らな愛液を肉棒へと注いでいった。

その淫靡なお誘いに、ガニアンの欲望も膨らみ、肉竿が跳ねる。

「んっ……♥」

アリアドはガニアンをベッドへと座らせると、そのまま抱きついてくる。

そして、すっかりと潤みを帯びている割れ目を、そっと押し広げた。

「ん、はぁ……ガニアンさんのおちんぽ、硬くて熱いです……」

「アリアド……」

彼女は肉竿をつかむと、腰を下ろしながら蜜壺へと導いていく。

「んぁ、ああっ……」

くちゅり、と卑猥な音を立てながら、アリアドの膣内へと肉棒が進入していった。

「あふっ、ん、あぁ♥」

彼女は甘い声をあげながら、ガニアンにまたがって腰を下ろしきる。

そしてそのまま、ぎゅっと抱きついた。

「ガニアンさん……♥」

対面座位のかたちで繋がると、アリアドはうっとりと彼を見ながら、腰を動かし始めた。

「あぁっ……ん、ふぅっ……」

緩やかな動きに合わせて、膣襞が肉棒を擦りあげていく。

「あふっ、ん、ふぅっ……♥」

すぐ近くで彼女のエロい吐息を感じて、ガニアンの昂ぶりも増す一方だ。

「あぁ、ん、はぁ……」

艶めかしい声をこぼしながら、アリアドは腰を動かしていく。

その速度は徐々に増していき、それがそのまま快楽を膨らませていくのだった。

「あんっ♥　あっ、ん、ふぅっ……！　おちんぽ、私の中を、いっぱいに押し広げて、んっ、はぁっ……♥」

蠢動する膣襞が肉竿をしごきあげ、快楽を与えてきた。

「ガニアンさん、んんっ、あああっ……♥」

腰を振りながら、アリアドがぎゅっと抱きついてくる。

「あふっ、ん、はぁ……♥」

その柔らかな爆乳が押し当てられ、気持ちがいい。

ガニアンは彼女の背中と、腰をなでるように手を動かしていく。

「あぁっ♥　ん、はぁ、あんっ……」

目の前の爆乳に顔を埋めると、甘い彼女の匂いと極上の柔らかさがガニアンを包みこんだ。

「おっぱいにお顔を埋めて、あっ、ん、はぁっ♥　おちんぽが、ぴくんってしましたね……♥　私の中で、ん、はぁっ！」

アリアドはさらに、ガニアンの頭を抱え込むようにした。

柔らかなおっぱいにむぎゅぎゅっと包み込まれて、ガニアンは幸福な息苦しさに包まれる。

彼女の美乳を存分に楽しみながら、おまんこに肉棒をしごきあげられるのは最高だった。

「あっ♥　ん、はぁっ、ふぅ、ん、ガニアンさん、んぁっ♥」

アリアドはどんどんとペースを上げて、腰を振っていく。

「んぁ♥　あっあっ♥　ん、ふぅっ……」

蠕動する膣襞が、肉棒を締めあげて精液をねだってくる。

メスの身体の本能的な動きに、ガニアンの射精欲も増していった。

「あふっ、ん、はぁっ♥　あぁっ……！　ガニアンさん、ん、はぁっ！」

アリアドも昂ぶり、淫らに腰を振っていく。

「私、んぁ、ああっ……♥　そろそろ、んぁ、気持ちよすぎて、あっ、ん、はぁっ！　あぅ、イッちゃいそうです！」

「ああ、俺も出そうだ……」

「んはぁっ♥　あ、きてください、ん、ふぅっ！」

アリアドは激しく腰を振りながら、抱きついている。

全身で求めてくれるような彼女に、ガニアンも愛しさと昂ぶりがこみ上げてきた。

ぐっと彼女を抱きしめると、下から腰を突きあげる。

「んはぁぁっ！」

おおきく嬌声を上げたアリアドが、ラストスパートで腰を振っていった。

「んはぁっ♥　あっあっ♥　もう、んぁ、イクゥ……。んぁ、ああっ！　すごいの、きちゃいますっ♥　あっ、ん、くぅっ！」

喘ぎながら腰を振り、最後へと向かっていくアリアド。

そんなうねる膣襞に絞られ、ガニアンの精液もせり上がってきた。

「あっ、んはぁっ、もうだめっ♥　イクッ！　あっあっ♥　んはぁっ、イクッ、イクイクッ！　イッ クウウゥウゥウゥッ！」

全身にぎゅっと力を込めながら、彼女が絶頂した。

「んああっ♥」

それにあわせて膣道もキツく狭まる。その絶頂からの締めつけに、ガニアンも限界を迎えた。

腰を大きく突き出すと、そのまま精を放っていく。

「んくぅぅぅっ♥　あっ、ああっ！　熱いの、ガニアンさんのザーメン、私の中に、んぁ、♥　びゅくびゅく出てます……♥」

イった直後に中出しを受けたことで、アリアドは再び絶頂した。

「あっ♥　んぁ……♥」

そして膣襞がしっかりと、肉棒を絞り上げてくる。

「あふっ……♥」

余さず精液を搾り取ると、アリアドは甘い声を漏らし、力を抜いていった。

「ガニアンさん……♥」

そしてうっとりと彼を見上げる。

ガニアンはそんな彼女をベッドに寝かせると、満足して肉棒を引き抜いた。

いつだって、ガニアンを癒やしてくれるのはアリアドだ。その魅力的な肢体に密着すると、心から癒やされていく。

自分も隣に寝そべると、ぎゅっと彼女を抱きしめたのだった。

●

別のある夜には、ラフィーが部屋を訪れた。

こうして、彼女たちが部屋を交互に訪れるのも、もうすっかり日常的なこととなっていた。

ラフィーを迎え入れ、軽く話をする。楽しげにギルドのことを語るとき、彼女は本当に可愛らしく、活力に溢れていた。その若さからくる魅力に、ガニアンもやはり惹かれてしまう。

お互いにパートナーと認め合い、公私にわたってどんどん密接になっている。

そしてふたりは自然な流れで、ベッドへと向かったのだった。

「ガニアン、今日もしっかり溜まってる？」

そう言いながら、ズボン越しに股間をなでてくるラフィー。

すっかりとえっちなことにも慣れた彼女は、可愛らしくも色っぽい。

「ああ、もちろん」

「そうなのね♪　それじゃ、あたしがいっぱい気持ち良くして、抜き抜きしてあげる♪」

股間をなでながら、ラフィーが嬉しそうに言った。

「なでなで……ふふっ、ズボンの中で、おちんちんが大きくなってきてるわね♪」

「そんなふうに、いじられちゃったらな……」

彼女の手の中で硬さを増していく肉竿。

ラフィーは楽しそうに股間をなでながら続ける。

「こんなに膨らんで、苦しそう……出してあげるわね」

そう言いながらベルトに手をかけて、ズボンを脱がせていく。

そのまま下着もずらすと、肉竿が勢いよく飛び出してくる。

「おちんぽ、もうこんなに反り返ってる……♥」

ラフィーは肉竿に手を添え、優しく触ってくる。

「うっ……」

「硬くなってるわね♥」

指先でそれを確かめるようにして、いじってくるラフィー。

その淡い刺激がもどかしい。

「くにくに……ガチガチのおちんぽ……♥」

「ラフィー……」

「ん？　もっと気持ち良くしてほしい？」

上目遣いに尋ねてくる彼女の表情はいたずらっぽいもので、とても可愛らしい。

「ああ……たのむ」

「そうなんだ♪　それじゃあ、れろっ♥」

「うぁ……」

素直にうなずくと、彼女は舌を伸して亀頭を舐めてきた。

温かな舌が敏感なところを刺激する。

「ん、おちんちん、ぴくんって反応したね♪　あたしの舌、気持ちいい？」

「ああ、とても」

するとラフィーは、嬉しそうに舌を伸してくる。

「れろっ、ちろっ……♥」

小さな舌が、肉竿の先端を中心にちろちろと舐めてくる。

「ぺろっ、ちゅっ♥」

柔らかな唇が粘膜に触れ、すぐに離れる。

「れろっ……ぺろろっ……」

そして再び、舌が這い回ってくるのだった。

「れろっ……ん、ふぅっ……おちんぽ舐められるの、気持ち良さそうね」

「そうだな、いい感じだ……」

「それじゃ、次は咥えて……あーむっ♥」

彼女はぱくりと肉棒を咥えこみ、そのままフェラを始める。

「ちゅぱっ♥　ちゅっ、ぺろっ……」

「ラフィー、うっ……」

彼女の唇がカリ裏を刺激し、快感を送り込んでくる。

「れろっ、ちぃろっ……ちゅっ♥　ん、硬いおちんぽの、血管を舐めていって……ぺろっ……ちろっ……ちゅぱっ♥」

「う、そこは……」

「ここが気持ちいいの？　れろぉっ♥」

「あぁ……！」

彼女は裏筋を丁寧に舌先でいじってくる。

「れろっ、ちろっ……この、へこんだところを、ちろぉっ♥」

ラフィーは器用に舌を使い、敏感なところを責めてくる。

その気持ち良さに、ガニアンの射精欲が増していった。

「ちろっ、ぺろっ、れろぉ♥　おちんぽが気持ち良さそうに反応してる♥　れろっ……ちろろろろっ♥　ちゅぱっ♥」

「ああ……！」

唇の刺激と、舌先の愛撫。

肉竿を舐められ、しゃぶられて、ガニアンはどんどんと高められていった。

「ガチガチのおちんぽ♥　気持ち良さそうにひくついてるわね♥　れろっ、ちゅぱっ……次はもっと咥えて、んぅっ……」

彼女は頭を動かし、肉竿を深く咥えこんでいった。

温かな口内に包み込まれる肉竿。

「あむっ、ちゅぶっ……れろっ……」

ラフィーは頭を前後に動かし、肉竿の根元を唇でしごいてくる。

「んむっ、ちゅぱっ……ちゅぅっ♥」

お嬢様が小さな口に肉棒を頬張り、ご奉仕している姿は背徳感もあってエロい。

「んむっ、ん、ふぅっ……大きなおちんぽ♥　口に入りきらないわね……んむっ。ちゅぶっ、喉まで、んもぉっ♥」

「うぁ……」

肉棒を奥まで咥え込んだので、その先端が喉へと当たる。

「んもぉっ♥　んむっ、じゅぼっ……♥」

深いストロークで肉棒が愛撫されていく。

ねっとりとしたフェラに、ガニアンの射精欲が膨らんでいった。

「んむっ、じゅぶっ……今日は、あたしがいっぱい搾り取ってあげる♥　おちんぽを深く咥えこみながら、じゅるっ……ちゅぅっ♥」

「ああ……ラフィー、そんなに吸いつかれると……」

「あむっ、じゅるっ、ちゅぅぅっ♥　こうやって、吸いつくのが気持ちいいのね？　れろっ、ちゅぱっ、じゅるるるっ！」

「う、あぁ……！」

彼女のバキュームフェラで、ガニアンの昂ぶりは強引に高められていく。

「じゅるるるっ、ちゅぶっ、ちゅぅっ♥」

あまりに激しい吸いつきに、ガニアンは限界を迎えた。

「う、もう、出る……！」

「いいわよ。このままあたしのお口で、ガニアンのザーメン、絞りとってあげる♪　つじゅぶっ、ちゅぅぅっ、じゅぶぶぶぶっ！」

「ああ……でる！」

「んぅぅっ!?　ん、ちゅぅぅぅぅぅっ！」

ガニアンが射精すると、ラフィーはそのまま強く吸い込んで精液を吸い出していく。

「う、あぁ……」

「んくっ、ん、じゅるっ、ちゅぷっ、ごっくん♪　ふふっ、濃いザーメン、いっぱい出たわね♥」

満足げに言いながら、ラフィーが肉棒を口から離した。

そして彼女の唾液でてらてらと光る肉棒を、そのままいじってくる。

「いっぱい出したのに、まだまだ大きいままね。それに……」

彼女の手が、陰嚢をたぷたぷと持ち上げる。

「タマタマ、まだずっしりしてる♪　ここに残ってる子種も、余さず搾り取っちゃうわね♪」

楽しそう言いながら、ラフィーは服を脱いでいく。

小柄ながら、おっぱいの大きな彼女の裸体のラインは素晴らしい。

全体的に細く小さいから、その巨乳がより強調されて見える。

「ガニアン、えいっ♪」

彼女はガニアンをベッドに押し倒すと、そのまま跨がってきた。

「ん、しょっ……ふふっ、次はあたしのここで気持ち良くしていくわね♥」

そう言って、彼女は自らの割れ目をくぱぁと押し開く。

おまんこはもう十分に濡れており、ピンク色の襞がひくついている姿がとてもエロかった。

そんなとろとろおまんこを見せつけるようにしたラフィーが、ガニアンの肉竿をつかむと、自らの入り口へと導いていく。

「んはぁっ♥　あっ、ん、ふぅっ……」

そして、そのまま腰を下ろすと、肉竿を膣内に咥えこんでいった。

「あふっ、ん、あぁ……♥　あたしの中に、ガニアンのおちんぽ♥　入ってきてるっ……♥　んぁ、ふぅっ、あぁっ！」

ラフィーは騎乗位で腰を振っていく。

「んはぁっ♥　あっ、ん、ふぅっ……！」

しっかりと感じ始め、嬌声をあげながら腰を振っていくラフィーを、ガニアンは見上げた。

「あっ、ん、はぁっ、ふぅっ♥」

彼女が腰を振るのに合わせて、その大きなおっぱいが揺れていく。

たゆんっ、ぽよんっと弾むおっぱいは眼福だ。

「んぁ、はぁっ、ふぅっ……♥」

喘ぎながら腰を振っているラフィーの、その弾むおっぱいへと手を伸ばした。

「あっ、あんっ♥」

むにゅり、とおっぱいを揉むと、彼女が声を漏らす。

ガニアンは両手に心地よいボリュームを感じながら持ち上げるようにして、その巨乳を楽しんでいった。

「んぁ、あっ♥ おっぱい、下からそんなに、んっ♥」

大きな胸を揉まれて、ラフィーが色っぽい声を漏らす。

「んはぁっ♥ あっ、んっ……！」

喘ぎながらも健気に腰を振っていくラフィーだが、その声がだんだんと高くなっていった。

「んぅっ♥ あっ♥ はぁっ……！ んぁ、ああっ！」

騎乗位で奉仕しながら、自分でも激しく乱れるラフィー。

そんな彼女のおっぱいと蜜壺を楽しみ、ガニアンも昂ぶっていくのだった。

「あぁっ♥ ん、はぁっ、ガニアン、そんな、んぁ、おっぱいいじられると、あたし、ん、ふぅっ……！ ああっ♥」

「う、そういうラフィーこそ、そんなに腰を振って、締めつけてきて……」

「んぁっ♥　ああっ、だって、気持ちいいから、あっ♥　腰、止まらないし、おまんこもきゅんきゅんしちゃうのっ♥」

「う、ああ……！」

膣襞が肉棒を締めつけ、射精を急かすように擦りあげてくる。

その快感で、ガニアンも追い詰められていった。

「んはぁっ♥　あっ、ん、くぅっ！　おちんぽ♥　気持ちよすぎて、あっ♥　もう、イクッ！　ん、はぁっ！」

ラフィーもそろそろ、限界のようだ。

愛液がますます滲みだし、ぐちょぐちょの膣内が激しく肉棒を締めつけ、刺激してきた。

「んはぁっ♥　あっ♥　ガニアン、んぁ、ああっ、あたし！　イクッ！　気持ちよすぎて、あっぁっ♥　ん、ふぅっ……！」

「それならこうして、そらっ！」

「んはぁぁぁぁっ♥」

ガニアンは両胸から腰へと手を移動させると押さえつけ、ラフィーの小さな身体を下から突き上げた。

ズンッと肉棒が彼女の子宮口を押し込み、余すところなく刺激していく。

「んぁぁっ、だめぇっ♥　あぁっ♥　あたしのいちばん奥、赤ちゃんの部屋、ガニアンのおちんぽで突かれてるぅっ♥」

「うっ、また締めつける……きつすぎて……くぅ」

「んはぁっ♥　あっ、ん、はぁっ！」

最奥を突かれて反応した膣襞が、抱きつくように肉棒をキツく締めあげてくる。

「んはあぁぁっ♥　あっあっ♥　ん、くぅっ！　ああっ！　だめ、イクッ！　もうイクッ！　あっあっ♥　んぁ、イックウウゥゥゥッ！」

身体をびくんと跳ねさせながら、ラフィーが絶頂した。

膣内がぎゅっと締まり、精液をおねだりしてくる。

このタイミングでそんなふうにされたら、ガニアンも我慢できるはずがない。

「んはぁっ♥　あ、イってる、イってるのに、おちんぽ、ぐいぐいきて、んぁっ♥」

背中が反り、ラフィーの真っ白なお腹が魅力的に突き出される。その奥へと子種を注ぎ込むイメージで、こみ上げてくるものをそのまま、ぐっと腰を突き出して射精した。

「んはぁぁぁっ！　あっ、ん、ああっ♥　せーし、びゅーびゅーでてるぅっ♥　あたしの奥、子宮に直接、そそがれてるぅっ♥」

「う、ああ……！」

ラフィーの膣襞が肉棒を締めあげ、精液を搾り取ってきた。

美少女の赤ちゃん袋を精液でいっぱいにする射精は、オスとしての本能をこの上なく満足させてくれるのだった。

ガニアンはその快楽に任せるまま、精液を出し尽くしていく。

「んはぁっ……♥　あぁ……すごい、んぅっ……熱いの、いっぱい出されちゃってる♥」

ラフィーはうっとりと呟きながらあ、身体の力を抜いていく。

「あふっ……」

ガニアンを信じ、全てを委ねてくれるラフィーに愛情が溢れそうになる。

そんな彼女を抱きとめながら、ガニアンはセックスの満足感に浸っていくのだった。

●

最近は再び、ガニアンも商品開発へと合流していた。

とはいえ、最新技術である魔石の混合利用は「コストを落として利用することができる」という特性のため、商品企画においては開発者の強みというものはなかなか生かせない。

十分に結果は出ているし、ギルド自体が成功しているので問題はないのだが、せっかくならそちらでも自分で結果を残しておきたい、という気持ちはあるのだった。

そんな中、ふとした思いつきを抱いたガニアンは夜のギルドに出向き、事務所を抜けて彼自身の研究室へと向かった。

大きめの建物に移転後に、研究用にあてがわれた部屋なので、他に比べて大型の機材などが配置されている。

商品開発を行うシューラの部屋とこのガニアンの部屋は、一応は秘密保持の目的もあって、奥側に配置されていた。

少しぐらい覗かれても別にどうというものでもないが、機密情報ではあるわけだ。

そんなわけで、静かな環境で集中してアイデアを書き留め、実験で試してはその結果を書き込み
……としばらくは開発にいそしんでいたガニアンは、一区切りついて満足げにのびをした。

「よし、悪くないな。明日からは、これをつめて考えていこう」

いいアイデアが浮かび、希望が見えたときというのは、気分がいいものだ。

集中していた分、身体的には疲れもあるが、精神的な満足感があるので、心地よい疲労だった。

そうして、今日は帰ろうと思い研究室を出ると、隣から物音が聞こえた。

はっきりと明かりがついていれば、シューラも同じように残業しているのだろう、と思うだけだ
ったが、見たところ部屋は薄暗いようだ。

シューラ本人が、わざわざ暗い中で仕事をする理由もない気がした。

集中しすぎてそのままになっている、という可能性もないではないが……もしかしたら、何者か
が侵入しているのだろうか？

そう考えたガニアンは、こっそりと中をうかがった。

「んっ……」

中から小さな声と、なにやら物音がする。

泥棒だろうか……？

ガニアンはこっそりとドアを開け、中に入る。

そして気配のほうへと近づき――。

「んぅっ……ふぅ……」

その光景を目にした。

結論から言うと、中にいたのはシューラだった。

そのため、特に問題はなく、ガニアンは一安心した。

のだが、同時にその光景に少し驚いてしまう。

というのも……。

「んぁ……♥ あっ、ふぅ、んっ……」

薄暗い部屋の中で、シューラが自慰をしていたからだ。

彼女は服をはだけさせ、はしたなく脚を広げている。

「んぅ、ふぅっ……」

広げられたそこはもう濡れており、彼女の手が動くのに合わせて、くちゅりと卑猥な音を響かせていた。

彼女は手に何かを持っていて、それを自らの秘部にあてがっているようだった。

「んっ、あぁっ……!」

そして声をあげながら、ぴくんと身体を跳ねさせる。

「あっ……」

その拍子に視線の位置がずれ、ガニアンと目が合った。

「せ、せんぱい……！　こ、これはっ……！」

ガニアンを見つけたシューラが、慌てたように声をあげる。

「あ、あの、これは新しい魔道具で……あぅっ……」

彼女は手にしたそれを振りながら言った。

なるほど、落ち着いて見てみれば、彼女の愛液がついたその棒は、魔石で動く魔道具のようだった。このサイズなら、だいぶ小さな魔石で動くだろう。いや、そういうことではなく……。

「そ、そうか」

ガニアンはなんとか落ち着いた様子になるよう、うなずいた。

自分を慰めるための道具――いうものは、ガニアンも聞いたことがある。

確かに、それを魔石で動かすというのは、いいアイデアなのだろうが。

「つ、つい作っちゃいましたけど……商品としては微妙かもしれませんね……」

需要的には悪くないだろうが、ラフィリア・スタンダードは家庭用魔道具として大手であるため、そういった製品は難しいだろう。

それについては彼女だって、試作品を作る前にわかるはずなわけで。

とはいえ、普段から知的な後輩美少女が、こっそりそんなものを作っていたとは驚きだ。

商品用にというよりは、きっと思いつきの好奇心からなのだろう。

「まあ、でもそういうことなら……」

シューラがえっちな女性であるというのは、ガニアンにとっていいことだ。

「もっとしっかり試さないとな。でも、ここじゃなんだから、ちゃんとベッドで試そうか」

「……はい……♥」

シューラは恥ずかしそうに、しかし期待に満ちた様子でうなずいたのだった。


ふたりはガニアンの家に着くと、さっそくベッドへと向かった。

「それじゃシューラの発明品を試してみるか」

「うぅ……先輩、恥ずかしいです」

顔を赤くして恥じらうシューラは、いつも以上に愛らしかった。

そんな表情を見せられては、よけいにそそられてしまう。

それに、こんな道具を思いつくなんて、シューラは思った以上にえっちな女性だったようだ。

もしかすると、最近は寂しい思いをさせてしまっていたのだろうか。

ガニアンは彼女の服に手をかけ、そっと脱がせていく。

「先輩、んっ……♥」

彼女はされるがまま、身を預けてくれた。

上半身を脱がせていくと、たゆんっと柔らかそうに揺れながら、大きなおっぱいが現れる。

ガニアンはさっそくその巨乳へと手を伸ばした。

「あんっ♥」

先程の自慰で高まっているのだろう。シューラが色っぽい声を出す。

身体も充分に火照っている。魅惑的な双丘を、両手でこねるように揉んでいった。

「んっ、ふぅっ、せんぱい、んぅっ♥」

むにゅむにゅとおっぱいを揉んでいくのは、とても気持ちがいい。

シューラの両胸を楽しんでいると、いつまでもこうしていたくなるほどだ。

「んぁ、ああっ……♥」

自慰を中断した状況だとあって、シューラの身体はすでに敏感みたいだ。

ガニアンは双丘の頂点で、つんと尖っている乳首をいじっていく。

「ここも、ビンビンになってるな」

「やぁ……♥　そんなこと、んぁっ♥　言わないでくださいっ……！」

ガニアンの指摘に恥じらうシューラだが、その間にも感じている声が混じる。

「あぁ、んふぅっ……♥」

くりくりと乳首をいじりながら、乳房も揉んでいく。

柔らかく指が沈みこむ乳房と、しっかりとした弾力のある乳首。

そのコントラストがまたエロい。

「あぁっ♥　ん、ああっ、そんなに、乳首、んぅっ、いじられると……」

「ここが弱いんだよな」

「あぁっ！」

言いながらさらに責めると、彼女は可愛らしい声をあげて身もだえる。

しばらくそうして、おっぱいを楽しんでいたのだった。

「あふっ、ん、あぁ……♥」

すっかりと感じ、とろけた表情のシューラ。

ガニアンはそんな彼女の下半身へと手を伸ばしていく。

「こっちも……もうぐっしょりだな」

下着越しにでも、愛液が滲み出しているのがわかった。

「あうっ、先輩が、おっぱいをいっぱい触るからです……」

恥ずかしそうなシューラを愛しく思いながら、ガニアンは服を脱がせていく。

そして最後の一枚に手をかけると、ゆっくりと下ろしていった。

「あぁ……♥　ん、ふぅっ……」

クロッチの部分がいやらしい糸を引いて、濡れたおまんこが現れてくる。

「これだけ濡れてれば、もうよさそうだな」

「はい、せんぱい……」

そこでガニアンは、シューラの魔道具を手に取った。

「せんぱい……？」

「それじゃ、試してみようか」

そう言ってスイッチを入れると、その張り型が小さく音を立てて動き始める。

女性を慰めるための魔道具――先程、シューラが自慰に使っていたそれを、彼女の割れ目へとこすりつけた。

「ん、あぁ……！」

その刺激に声をあげるものの、彼女は少し不満そうだった。

「先輩、そんなの、いまは……んっ……」

「さっきはこうやって、これを使ってたよな」

そう言いながら、張り型を動かしていく。

「先輩、嫌です……先輩がいるのに、そんなので、んっ……」

「だいぶ気に入ってたみたいだが……」

ガニアンが言うと、彼女は首を横に振った。

「そんなおもちゃより、先輩のおちんぽを挿れてほしいです」

そう言った彼女が身を起こすと、ズボン越しにガニアンの股間をなでてくる。

「ほら……♥　先輩のここだって、もうこんなに大きくなってるんですよ？」

「うっ……」

すりすりと股間をなでられると、ガニアンの欲望も滾ってしまう。

「ズボンの中で苦しそうなおちんちん、出してあげますね……」

そう言って、シューラは下着ごとズボンを下ろしてしまう。

「あんっ♥」

もうビンビンになっている肉棒が勢いよく飛び出し、それが彼女の頬に当たった。

シューラはチンポが目の前にきて、嬉しそうな声を出す。

「ね？　先輩のおちんぽだって、こんなにガチガチになって……わたしの中で気持ち良くなりたいって言ってるみたいですよ？」

そう言いながら、彼女は顔を寄せて肉竿をしごいていく。

「しーこ、しーこ……おちんちん挿れてください……♥　わたしの濡れ濡れおまんこに、いっぱいズブズブしてください♪」

「ああ……」

しなやかな手による刺激と、美女からの挿入おねだり。

そんなことをされては、ガニアンも我慢できない。

意地悪で疑似チンポを使いながら、冷静に彼女の反応を楽しむつもりだったが……それよりも、オスとしての欲望が勝ってしまう。

すぐに、受け入れ準備完了なオス待ちおまんこを、めいっぱい突いて犯してしまいたい。

「ね？　入れたいですよね？　おまんこズボズボしてください♥」

シューラの誘惑に、もう肉竿ははち切れんばかりだ。

「そうだな……」

「きゃっ♥」

ガニアンは欲望に任せて、彼女を押し倒した。仰向けになった彼女は嬉しそうだ。

倒れ込んだ拍子に、たゆんと揺れるおっぱい。

そしてもう、すっかりと濡れているおまんこ。

ガニアンはそんな彼女の脚をつかむと、ぐいっと広げさせる。

「あうっ……♥」

開脚で、無防備な秘裂が強調されてしまった。

そんな魅惑の蜜壺に、ガニアンはいきりたった剛直を当てがう。

「んああっ……！」

そしてそのまま腰を進め、挿入していく。

「あぅっ、せんぱいのおちんぽ、ん、わたしの中に、んあっ♥」

ぬぷり、と肉棒がその膣内に侵入していく。

「あぁ、ん、はぁっ……♥」

熱くうねる膣襞をかき分けると、きゅうきゅうと絡みついて歓迎される。

「あふっ、あぁ……やっぱり、先輩のおちんぽが最高です……♥」

「うっ……シューラも、やっぱりキツいな」

膣襞の熱い抱擁に、快感が膨らむ。

「熱くて硬いおちんぽ、あぁ♥」

シューラは気持ち良さそうに肉竿を受け入れていった。

脚を大きく広げ、おまんこを突き出すような格好だから、肉棒もしっかりと奥まで届いていく。

「わたしの中、んぁ♥　先輩のおちんぽで埋まってます♥」

「ああ……いくぞ」

その気持ち良さを感じながら、ガニアンは腰を動かし始めた。

「んはぁっ♥　あっ、ん、くぅっ！」

シューラの色めいた声を聞きながら、ガニアンは蜜壺をかき回していった。

「あふっ、ん、はぁっ、ああっ！」

抽送のたびに、シューラは気持ち良さそうに身もだえる。

うねる膣襞もきゅうきゅうと肉棒を締めつけ、吸いついてきていた。

「せんぱいの、んぁ♥　おちんぽ……が、あぁっ！　いっぱいで……わたしのおまんこ、先輩の形にされちゃってます♥」

嬉しそうにエロいことを言うシューラに、ガニアンは焚きつけられて、さらにピストンを繰り返していく。

「あぁっ♥　そんな、ダメです、ん、はぁっ……♥」

大きく腰を動かすと、シューラは嬌声をあげていった。

「ほら、つながっているところがよく見える」

「あ……せんぱい、あっ♥　ん、そんなえっちなこと、んぁ……♥」

シューラは恥ずかしそうに言うが、その膣内は喜ぶように締めつけてくる。

おまんこを突き出すような体勢なので、彼女は羞恥でも身もだえている。

しかしそれもかえって彼女の興奮を煽っているようで、膣襞はキツく肉棒を締めつけた。

「んはあっ♥　せんぱいっ♥　おまんこ、そんなにかき回されたら、わたし、んぁっ♥　ああっ！」

「うっ、すごい締めつけだな……こんなによろこんで……」

「だって、んぁっ♥　気持ちよすぎて、ああっ！」

「せっかく魔道具も用意してたのにな」

ガニアンが意地悪すると、彼女は顔を赤くしながら言った。

「そんなのより、んぁっ♥　先輩おちんぽ♥　何百倍も気持ちいいですっ♥　んはぁっ！　あっあっ♥　んぅぅっ！」

「何百倍はさすがに言いすぎだろ。そんなに気持ちよかったら、こわれるぞ」

言いながら、ガニアンは差し出されるおまんこにパンパンと腰を打ちつけていく。

「んひぃっ♥　実際、あぅっ、気持ちよすぎて、わたし、おかしくなっちゃいますっ♥　んぁっ、あっ、んぅぅっ♥」

感じて乱れるシューラのドスケベな姿に、ガニアンもどんどんと昂ぶっていく。

その興奮は腰ふりの激しさとなって、さらにおまんこをかき回していった。

「んはあっ♥　あっ、あああっ！」

シューラは大きく声を上げ、感じていく。

「んはぁっ、もう、だめですっ♥　あっ♥　イクッ！　イっちゃいますせんぱい♥　んぁ、あっ！」

「ああ、いいぞ」

そう言いながら、ガニアンはさらに腰を振っていった。

膣襞を擦りあげ、子宮口にキスをする。

「んはぁぁっ♥　あっ、んはぁっ♥　イクッ！　もう、んぁっ、おまんこ、おまんこイクッ！　んあっ、あうぅっ！」

嬌声をあげるシューラの接合部では愛液が泡立ち、ぐちゅぐちゅと卑猥な音を立てている。

「んはぁっ♥　あぁっ、せんぱい、わたし、んぁっ♥　あっあっ♥　イクッ！　イクイクッ、イックウウゥゥゥッ！」

びくんと身体を跳ねさせながら、シューラが絶頂する。

膣襞がぎゅっと締まり、肉棒を締めつけた。

「んはぁっ♥　あっ、ああっ！」

精液を搾り取ろうと吸いつくその膣内を、ガニアンはさらに往復していく。

「んはっ♥　あっ、ああっ、イってるおまんこ、そんなにされたら、わたし、んぁっ♥　気持ちよすぎて、ああっ！」

「う、俺ももう出すぞ……！」

絶頂おまんこの締めつけに、ガニアンも精液が上ってくるを感じた。

そして力強く腰を往復させ、彼女の子宮口にまで肉棒を届かせていく。

「んはぁっ♥　あ、ああっ！　せんぱい、んぅぅっ、せんぱいのおちんぽが、わたしの奥にっ、んあっ、ああっ♥」

「出る！」

ドビュッ！　ビュクッ、ビュルルルルルルッ！

ガニアンは膣の最奥に思いきり射精した。

「んはぁぁっ♥　あつ、熱いの、ザーメン出されてイクゥッ！」

中出しを受けて、シューラが再びイった。

「あっ、あぁ……♥」

ガニアンはしっかりと、彼女の膣内に精液を吐き出していく。

「あぅっ……」

そして余さず出し切ってから、肉棒を引き抜いた。

シューラは快楽の余韻に浸り、そのまま脱力してしまっている。

行為後の荒い息にあわせて、そのたわわな双丘が揺れる。

道具まで使っていた、えっちな後輩少女。そのエロい姿を眺めながら、ガニアンも気持ち良さに浸っているのだった。

●

元々が研究ばかりだったこともあり、インドア派のガニアンだ。

ギルドが順調なので休日も多めだが、休みがあっても、買い物以外にはなかなか出かける機会というのもない。

そんな彼だが今日はラフィーに連れ出され、近隣の森へと散歩に出かけていたのだった。

「たまには、こういうのもいいでしょ？」

ラフィーが振り返りながら尋ねてくる。

「ああ、自分じゃなかなか来ないし、いいものだな」

ガニアンそう答えた。周囲には木が生い茂り、木漏れ日が差している。

あまりこういうのには馴染みはないが、恋人同士などはよく訪れる場所らしい。

そんな中を、森林浴しながらふたりで歩いていった。

「ラフィーは、けっこう来たりするのか？」

「そうね」

彼女はうなずいた。

「お屋敷にいることが多かったから、気晴らしによく馬車を出してもらってたわ。ギルドを作ってからは、もっと手軽に出かけられるようになったし」

このあたりは大きな街だということもあり、治安はいいほうだ。

もちろん、一部よろしくないところもあるものの、華やかな街のイメージを守るためにも、比較的しっかりと憲兵などが機能している。

この森にしたって、今は森林浴ということで少し入り込んだので人通りはほとんどないが、直ぐ近くに遊歩道や大きな街道がある。

商人の馬車などが通ることも多い道だから、山賊やモンスターなども出ない。

もちろん整備されていない森などに行けば、山賊などがでたりもするらしいが。

その点、このあたりは安全なので、安心してこうして散歩ができる。

ガニアンとラフィーは、しばらく森でのデートを楽しんでいくのだった。

するとラフィーが、ガニアンの腕に抱きついた。むにゅんっと柔らかな胸が押し当てられる。

その感触を気持ち良く思いながら、森の中を歩いていった。

「こうやってノンビリとするのもいいわね」

「ああ、そうだな」

森林浴で癒やされるのに加えて、こうして美少女に抱きつかれているのも、別種の癒やし効果があるものだ。

まあここまで人気(ひとけ)がないと、大きなおっぱいを当てられたり、女の子のいい匂いがしたりして、少しムラムラきてしまうものだが。

「ふふっ、ね、ガニアン……」

そんな彼をさらに森の奥に誘いながら、ラフィーが上目遣いに見てきた。

「んっ……」

そして見上げたまま背伸びをして、キスをしてきた。

「ちゅ……♥　んっ……」

キスを繰り返すと、ラフィーは潤んだ瞳で見上げる。

誘われてしまえば、そんな彼女を前に、もう我慢できるはずもなかった。

「んむっ……んっ♥」

抱きしめながらキスをし、手を下へと動かしていく。

「ガニアン、んっ♥」

丸みを帯びた彼女のお尻をなでると、ラフィーもガニアンの身体をなでるようにしてきた。

「れろっ……ちゅっ……」

そしてキスをしながら、互いの身体をまさぐっていく。押しつけられるおっぱいの感触や、絡み合う舌。その体温と柔らかさに、興奮が増していく。

「あんっ……♥　硬いのが、あたしのお腹にあたってる♥　ほら……」

そう言って彼女が身体を動かした。

そして少しだけ身体を離すと、隙間から手を差し込んでくる。

「お外でこんなにガチガチになっちゃって……♥」

ズボン越しに肉竿をなでながら、ラフィーが艶っぽい表情を浮かべた。

「おちんちん、ズボンの中で苦しそうね……」

そう言って、ラフィーは身体を下へとずらしていく。

「ほら、こんなに……」

彼女はしなやかな手でズボンの膨らみをなでながら、ガニアンを見上げる。

「苦しそうだから、出してあげるわね……」

そう言って、彼女はガニアンのズボンをくつろげ、下着の中から肉竿を取りだした。

「わっ、もうこんなに大きくなってる……♪」

「うっ……」

ラフィーは顔のすぐ側にある肉棒に手を這わせ、優しく刺激してくる。

「お外でこのままじゃ、よくないものね。あたしがすっきりさせてあげる♪」

そう言いながら、彼女が肉棒への愛撫を始める。

「ん、しょっ、れろっ……」

そして舌を伸し、肉竿を舐め始めた。温かな舌が愛撫を始める。

「れろっ、ちろっ……ちゅ♥」

亀頭に優しく口づけをされて、柔らかな唇を感じる。

「ちろっ、ぺろっ……」

そして再び舌が動き、肉竿を愛撫していった。

「れろろっ、ちろっ、ちゅっ……♥　おちんぽ、気持ちいい？」

「ああ、すごくいいな」

森の中で、ラフィーにフェラをされる。

大きな道からは少し入っており、ここ自体にはさほど人通りがないとはいえ、野外でフェラをされるというのは、あまりに非日常的だ。

「ちろっ、れろぉ♥」

その現実感のなさが、興奮を高めていく。

「れろろっ……ん、ふぅっ……なんだか、いつもよりドキドキするわね」

「ああ、そうだな」

それはラフィーのほうも同じようで、誰がいるでもないが、少し顔を隠していた。

「お外でこんなこと、れろっ……でも、ガニアンは気持ち良さそうね」

「ああ。森の中でチンポを舐めているラフィーの、エロい表情が見られるしな」

「もうっ……」

彼女はとがめるようにそう言いつつも、舌を止めはしなかった。

「れろっ、ちろろっ……♥」

小さな舌が肉棒を舐めあげてくる。

「次は咥えて……あーむっ♪」

ラフィーがぱくりと先端を咥えこんだ。温かな口内に包み込まれ、敏感な先端がいじられる。

「れろっ、ちゅぱっ……♥」

唇が肉竿を挟み込み、刺激する。

「ちゅぷっ。れろっ、ちゃぱっ……♥」

ラフィーは肉竿を刺激しながら、ガニアンを見つめる。

「あむっ、じゅぶっ……どう？　こうしておちんぽ咥えられるの、いいでしょ？」

「そうだな。ラフィーも、野外でチンポを咥えて嬉しそうだしな」

「ちゅぅぅぅっ♥」

ガニアンが意地悪に言うと、彼女は肉棒に吸いついてきた。

「あはっ♪　ガニアンってば、おちんぽ吸われて気持ち良さそうな声でちゃってるわよ。ほらほらぁっ♥　ちゅううぅ！」

「ラフィー……！」

その反応に喜んだ彼女は、さらにバキュームを行う。

心地よい吸いつきに、ガニアンは気持ち良くなっていった。

「れろっ、ちゅぶっ、ちゅっ……んんっ♥」

彼女はそのまま頭を前後に動かして、肉竿を刺激していった。

「んむっ、ちゅっ、れろっ……ガニアン、ん、ふぅっ……」

「ああ……いいぞ。とても……くぅ」

木漏れ日で照らされるラフィーの顔。

貴族令嬢である彼女が、野外でこうも淫らに肉棒をしゃぶっているという状況が、ガニアンを余計に興奮させていった。

「あむっ、じゅるっ、れろっ……ふふっ、先っぽから、ちゅぱっ。えっちなお汁があふれ出してきちゃってる♥」

我慢汁を舐め取るように、ラフィーが鈴口をくすぐってきた。

「ちろろっ、ぺろっ……」

細かく動く舌に愛撫され、快感が蓄積していく。

「れろぉ、ちゅぱっ、んっ、ちろっ……」

その舌愛撫に感じていると、ラフィーのほうも激しさを増してく。

「ちゅぼちゅおっ♥　ん、れろぉっ……ガニアン、ん、おちんぽ、そろそろイキそうなの？　れろっ、ちゅぶっ、ちゅぱっ♥」

「ああ……」

うなずきながら、肉棒をしゃぶる彼女を見る。

「れろっ、ちゅぱっ……ちろっ……」

すっかりとエロい女の顔でチンポをしゃぶるラフィー。

「ちろろろっ……ちゅぱっ、ん、ちゅぅっ♥」

その気持ち良さに、限界が近づいてくるのを感じた。

「ラフィー、そろそろ……」

「んむっ、ちゅばっ、ちろろろっ……！　おちんちん、イキそうなの？　れろっ、ちゅぶぶっ、いいよ。ん……だして……ちゅぅぅっ♥」

「おぉ……吸われる……」

ラフィーの吸引に、ガニアンが声を漏らす。

「そのまま、ちゅぼっ、あたしのフェラでイっちゃえ♥　お外で、じゅるるっ、おちんぽしゃぶられて、どぴゅって♥」

「う、ラフィー……！」

追い込みをかけてくるそのフェラに、ガニアンは我慢を諦めた。

「れろろっ、じゅぶっ、ちゅばっ♥　じゅぶぶぶっ！　ほら、出して♥　あたしのお口に、じゅぽっ、じゅぶぶぶぶっ！」

「ああ！」

ガニアンは吸われるままに、気持ち良く射精した。

「んむっ、ん、じゅるっ！」

勢いよく放たれた精液が、ラフィーの口内を埋めていく。美少女の可愛らしい口元が、びくんびくんと震える肉竿を、しっかりと咥えていた。

「んむっ、んくっ、じゅるるっ♥」

彼女は口を離さずに、そのまま大量の精液を飲み込んでいく。

「ん、ちゅぅっ、ごっくん♪　あふっ……すっごい出たわね……♥」

「ああ……こんな場所なのに、すごく気持ち良かったからな」

射精後の快感に浸りながらうなずくと、ラフィーは色っぽい笑みを浮かべた。

「お外でおちんぽしゃぶられるの、気持ちよかったんだ」

「ああ。すごくよかった」

「そうなんだ♪」

ラフィーは満足そうにそう言うと、立ち上がる。

「ね、ガニアン……」

そしてガニアンに迫ってくるのだった。

「しゃぶってたら、あたしもシてほしくなっちゃった」

発情顔でそんなことを言うラフィーを目にすると、ガニアンもまた興奮してしまう。

出したばかりでも、そのままできてしまいそうなほどに昂ぶった。

「ああ。それじゃ、木に手をついてくれ」

「うん♪」

ラフィーは素直にうなずくと、近くの木に手をついて、丸みを帯びたお尻を突き出すようにした。

ガニアンはそんな彼女の服をずらし、下着を露出させる。

「んっ……あ……あまり見ないで……」

「もうすっかり濡れてるな」

ラフィーのそこはすでに愛液をあふれさせて、下着越しでも濡れているのがわかる。

「あんっ♥」

そんな割れ目をなで上げると、ラフィーは色っぽい声を漏らす。

彼女の下着をずらすと、もう濡れ濡れで準備のできているおまんこが姿を現したのだった。

「んっ……♥」

愛液をあふれさせ、薄く口を開けているその女陰に、ガニアンの目が引き寄せられる。

わずかにくぱりと開いたその内側が、淫靡に蠢いているのがわかった。

そんな姿を見せられては、男として応えない訳にはいかない。

ガニアンは滾った剛直を、彼女の膣口へとあてがった。

「ん……ガニアンの硬いの、当たってる……♥　やっぱり、お口だけじゃ満足できなかったんだ」

「ああ、このまま挿れるぞ」

「うん、きて……んあっ♥」

ガニアンは腰を進め、ぬぷりとおまんこに挿入した。肉竿がすぐに膣襞に包み込まれる。

しっかりと奥まで濡れていた膣道は、肉棒をスムーズに受け入れた。

「あふ、ん、はぁっ……♥」

挿入自体はたやすかったものの、一度中に入るとくっぽりとキツく咥え込んでくる。

「あぁ、んっ……♥」

感じた声にあわせて、膣襞が蠢いた。

「ガニアン、んっ、はぁっ……♥」

彼女がこちらへと振り向いて、潤んだ瞳で見てくる。

美少女にそんな表情で見られると、ガニアンの興奮は増していく一方だ。

「ラフィー、いくぞ」

「んはぁっ♥」

そしてガニアンが腰の速度を上げていくと、ラフィーの嬌声も大きくなっていく。

「あぁっ、ん、はぁっ……あたし、あっ♥　お外でこんな、んぁっ♥」

木に手をついたラフィーがはしたなく喘ぎ、乱れていく。

ガニアンはそんな彼女の腰をつかみ、ピストンを行っていった。

「んはぁっ♥　あっ、ん、あぁっ、だめぇっ……♥」

興奮しているようだ。お嬢様がはしたなく野外で情事に及ぶことへの羞恥も大きいのだろう。

「あぁっ♥　ん、はぁっ……！　あぁっ！　あうっ、あたし、んぁっ、あっあっ♥　んはぁっ！」

大きな嬌声をあげるラフィーの姿はかわいらしく、ガニアンを焚きつける。

「森の中とはいえ……あまり大きな声を出すと、誰かが来るかもしれないぞ」

ガニアンが意地悪でそう言うと、ラフィーの膣内はさらにきゅっと締まった。

「んはぁ♥　あっ、そんなの、んぁ、あうぅっ……♥」

恥ずかしそうにしながらも、彼女はさらに感じているようだった。

「んはぁっ、ん、ふぅっ……！」

声を抑えようとしている姿がまたエロく、ガニアンの腰遣いはさらに激しくなる。

「んはぁっ！　ガニアン、だめぇっ♥　そんなにされたら、声、んぁっ、出ちゃうからぁっ……！

ん、はぁっ……！」

そう言うラフィーだったが、自らの言葉でも羞恥を抱いたのか、膣襞はさらに吸いついてくる。

ガニアンもピストンを行い、その襞を擦りあげていった。

「あふっ、ん、はぁっ、あっあっ♥　ん、あうっ……！　気持ちよすぎて、あぁっ、だめ、ん、あ
あっ、あうっ！」

ラフィーが喘ぎながら、膣内を締めてくる。

その快楽にガニアンも昂ぶり、さらなる抽送を行っていった。

「んはぁっ♥　あっあっ♥　もう、イクッ！　んぁ、ああっ！　ガニアン、あうっ、ああっ、んはあぁぁぁっ♥」

「ああ、いいぞ……！」

うねる膣襞が肉棒を締めつけ、快感に震える。その中を往復し、高まっていった。

「あぁ、んぁ、もう、イクッ！　お外で、んぁ、思いっきり、イっちゃうっ♥　あっあっ♥　イクウゥウウゥッ！」

身体を震わせながら、ラフィーが絶頂した。膣内が締まり、肉棒を締めつける。

「んはっ♥　あっ、んっ……！」

若い秘穴のキツい締めつけにガニアンも限界を迎え、ラストスパートをかける。

「んはぁっ♥　あっ、イってるおまんこ♥　そんなにおちんぽで突かれたら、あっ、んはぁっ♥」

「ぐっ、出すぞ……！」

ガニアンは昂ぶりのままに腰を振り、おまんこを奥まで貫いていく。

「あぁっ♥　んはぁっ、またイクッ！　んあ、イってるおまんこ、ズンズン突かれて、あぅっ、またイクゥッ！」

「ぐっ……！」

どびゅっ、びゅるるるるっ！

ガニアンはしっかりと奥まで肉棒を届かせると、そのまま射精した。

「ぁあっ♥　中出し、んはぁ、すごいのぉっ♥　熱いの、んぁ、いっぱい、んくうぅぅぅっ♥」

そしてラフィーも、敏感な膣内に中出しを受けて、再びイった。

「あっ♥　ん、はぁっ……！」

そのまま、気持ち良さで脱力したラフィーを支えながら、ガニアンは肉棒を引き抜く。

「あぅっ……恥ずかしいのに、すごく感じて……あぁ……♥」

すっかりとろけ顔で言うラフィーを、ガニアンはしばらくそのまま抱きしめるように支えていたのだった。

●

休日の朝、アリアドはガニアンのお世話をするために、合鍵で家に入って来ていた。

そしてまずは朝食を作ってから、まだ寝室にいるガニアンの様子を見に来る。

「お休みですし、まだ寝ていますね……」

アリアドはそんなガニアンの側へと寄って、無防備な寝顔を眺めた。

「こうしていると、なんだか可愛らしいですね……つんつん♪」

微笑みながら、ガニアンのほっぺを優しくつつく。

「んっ……」

多少、反応はするものの、その程度ではガニアンも起きない。

元々、そう寝起きがいいタイプでもない。

アリアドはしばらくそうして、ガニアンの寝顔を眺めているのだった。

「あら……」

ぼんやりと寝姿を見ていたアリアドだったが、下半身の一部が盛り上がっているのに気づく。

「あらあら……ガニアンさん……」

アリアドはベッドに上がると、そっと布団をめくりあげて、中を確認した。

「ガニアンさんは寝ているのに、こっちはもう起きてしまっていますね♪」

いたずらっぽい笑みを浮かべると、彼女は股間の膨らみへと手を伸ばす。

「つんつん……」

そして指先で軽く、その膨らみをつつくのだった。

「こっちは早起きで偉いですね♪　よしよし」

そしてズボン越しに、肉竿をなでていく。

「朝勃ちおちんぽさん、なでなで♪」

掌で優しくなでると、楽しそうに言った。

「今、ぴくんって反応しましたね♪」

アリアドはそんな反応を楽しみながら、肉竿を眺める。

「ズボンの中で、苦しそうですね。おちんぽ、こんなに大きくなって……。男性は勃起してしまったらもう、出してしまうのが一番だと聞きますし……」

そう呟いたアリアドは、再びガニアンの寝顔へと目を向ける。

すやすやと眠っている彼を見て、再び膨らんだ股間へと目を戻す。

「ガニアンさんは寝ていますが……勃起おちんちん、ご奉仕させていただきますね……♥」

いたずらっぽく妖艶な笑みを浮かべたアリアドは、さっそく彼のズボンへと手をかける。

そして下着ごとズボンを下ろすと、勃起竿がびよんっと飛び出してきた。

「あらあら♥　おちんぽ、こんなに逞しくそそり勃って……♥　これはしっかり抜いて差し上げないと、苦しそうですね……」

そう言って、幹に浮き出る血管を指でなぞっていく。

「こんなに反りかえったガチガチおちんぽ……♥」

彼女は優しく肉竿を握ると、軽く上下に手を動かしていく。

「ふふっ、しーこ、しーこ……朝からとっても元気なおちんぽですね……♥　こうしてじっくり見ると、とってもえっちです……♥」

彼女はゆるく手コキをしながら、顔を近づけて肉棒を観察していく。

「浮き出た血管に、ガチガチの幹……それに、ここが敏感な筋なんですよね？」

言いながら裏筋を指先で刺激していく。

「ふふっ♪　おちんぽ、ぴくんって反応しました♥　次はこの、膨らんださきっぽをなでなで♪　ここも敏感みたいですね」

肉竿をいじるアリアドが、さらに顔を近づけていく。

「すんすん……ガニアンさんの、男の人の匂い……♥　朝勃ちおちんぽ、すっごくえっちな匂いがしてます……♥」

うっとりと言いながら、彼女はさらに肉竿をいじっていく。

「カリ裏を指先で、こしょこしょー♪」

ガニアンが寝ているということもあって、普段より好きに肉棒をいじっていくのだった。

「寝ていても、おちんぽは気持ち良くて反応してるんですね……なんだか、それもえっちで興奮しちゃいます……♥」

アリアドは寝ているガニアンの肉竿をいじり、高まっていく。

「あふぅっ……♥　こんなえっちなおちんぽ間近にしていたら、疼いちゃいます……♥　ガニアンさん、起きないんですか？　れろっ」

そして今度は舌を伸ばし、肉竿を舐めていく。

「れろっ……ちろっ……おちんぽ、舐められてピクピク反応してます……♥　ちろっ……寝ていても気持ちいいんですね。れろぉっ♥」

アリアドは反応を楽しみながら、肉棒を舐めていった。

「れろっ、ぺろっ……寝ているガニアンさんの、勃起おちんぽ♥」

彼女の舌使いに、肉棒は素直に反応してしまう。

「あぁ……おちんちん気持ち良さそうに、とろとろのお汁を出しちゃってます……♥　ガニアンさんが寝てても、射精してしまうのでしょうか？」

そう言いながら、彼女はぺろりと肉竿を舐める。

「れろっ、ぺろっ……我慢汁を舐め取って……あーむっ♥」

そしてそのまま、肉竿をぱくりと咥えた。

「んむっ……じゅぶっ、ちゅっ……♥　このまま、お口で搾り取っちゃいます♥　じゅぼっ……じゅぶっ、ちゅぅ」

アリアドは顔をゆっくりと前後させて、唇で肉竿をしごいていく。

「んむ、じゅぶぶっ、ちゅぽっ……おちんぽ、そろそろイキそうですね……♥　んむっ、じゅぶっ、じゅぽっ……」

彼女は少しずつ往復の速度を上げて、フェラをおこなっていく。

「じゅぶぶっ、ちゅぱっ、じゅるっ……んっ」

「う、あぁ……」

そこでようやく、ガニアンが目を覚ました。起きた瞬間、肉棒がとてつもない気持ち良さに襲われていたガニアンは、むずむずとした射精感を覚えながら、目を開く。

「あっ、ガニアンさん、おはようございます。じゅぶっ♥」

「うぁ……アリアド、何を、うっ……！」

寝ている間にいろいろといじられ、舐められ、しゃぶられていたガニアンは、すぐにでも発射してしまいそうな快感に耐えながら、声をかける。

「あむっ……ガニアンさんのおちんぽが苦しそうだったので、すっきりしてもらおうと思いまして……こうして、じゅるっ……私のお口でご奉仕をしていました。じゅぶぶっ♥」

存分に愛撫された肉竿は、いつ爆発してもおかしくない。寝起きから最高潮の気持ち良さを与えられて、ガニアンは理解より先に、射精欲に流されそうになってしまうのだった。

「んむっ……じゅるっ、じゅぷっ……」

「アリアド、ちょっとまて……」

「じゅる……？　どうしました？」

彼女はチンポをしゃぶったまま、かるく顔を傾けた。その姿もまたエロく、ガニアンを刺激する。

「いや、寝起きにいきなりしゃぶられていて、びっくりしているんだ」

「なるほど……」

ガニアンの言葉に、アリアドは一度口を離した。

「はぁ……まさか寝込みを襲われるとは……」

それはそれで、悪い気はしなかった。むしろエロくて最高といったところだ。

アリアドはすっかりと、ガニアン好みのドスケベな女の子になっていた。

「どうしますか、ガニアンさん……」

そう言って、ガニアンのチンポと顔を交互に見るアリアド。

彼女の顔のすぐ側には、唾液でぬらぬらと光る勃起竿がある。その光景もそそる。

「勃起おちんちん、このままじゃお辛いですよね？　ほら……おちんぽヒクヒク震えて、気持ち良くされたがってますよ？　ふー♪」

彼女が軽く息を吹きかけてくる。

射精直前の肉棒にとっては、それだけでもゾクゾクするような気持ち良さだった。

「このまま、私のお口に朝のザーメン、出してくださいっ♪」

そう言って口を開けるアリアド。

「ああ……頼む」

その誘惑に負け、ガニアンはうなずいたのだった。

「ん、それでは、ご奉仕させていただきますね……あーむっ♥」

そして再び、彼女が肉棒を咥えた。

「んむっ、じゅぶっ……ガニアンさんの朝勃ちおちんぽ♥　しっかりと気持ち良くしてさしあげますね。じゅぶっ……」

アリアドは肉棒を咥えたまま、頭を前後に動かしていく。

「じゅぶっ、じゅぽっ……♥」

唇が肉棒をしごき、快感を送り込んでくる。

「じゅぼっ……れろっ、ちゅぽっ♥」

そして同時に舌が動き、肉竿をなめ回してくるのだった。

「じゅぶっ、ちゅぱっ♥　ガニアンさんのおちんぽ、先っぽがぷくって張り詰めてますね……♥」

そして彼女は、上目遣いに眺めてきた。

チンポを咥えながら見つめてくるのはとてもエロく、ガニアンの興奮を煽ってきた。

すでに限界近かった肉棒の奥で、精液がせり上がっていくのを感じる。

「おちんぽ、イキそうなんですね♥　ちゅぶっ、いいですよ♥　このまま私のお口に、気持ち良くぴゅっぴゅしちゃってください♥」

そう言って、アリアドが頭をさらに動かしていく。

「じゅぶっ、じゅるっ、ちゅぱっ♥　じゅぶぶっ……大きなおちんぽ、いっぱい吸いついて、ちゅううぅぅぅっ♥」

「ああ、もう、出る……！」

エロいバキュームも加わったその口淫に、ガニアンは耐えきれなくなる。

「じゅぶぶぶっ！じゅるっ、じゅぷっ、じゅぼぼぼぼっ！　れろれろれろっ♥　じゅぼっ、じゅぶっ、じゅるるるるるるっ！」

どぴゅっ！　びゅくっ、びゅくびゅくんっ！

「んむっ!?　ん、ちゅううぅぅぅっ♥」

「う、ああ……！」

ガニアンは、ため込んだ分を一気に放っていった。

その射精チンポを、アリアドは嬉しそうにバキュームしてくる。

「じゅるるるっ、んくっ、ちゅううぅっ♥」

跳ねながら精液を送り込む肉棒を、ストローみたいに吸っていた。

その気持ち良さに促されるままに、ガニアンは精液を放っていく。

「んむっ、ん、んくっ、ちゅぶっ……ごっくん♥　あふ……ガニアンさんの濃いザーメン♥　いただいちゃいました♪」

「ああ……すごかった……よ」

寝ている間からじっくりといじられ、その分まで気持ち良く射精したガニアンは、心地よい脱力感に包まれながら声を漏らした。

「あらためて、おはようございます、ガニアンさん」

「ああ、おはよう……」

最高に気持ちがいい目覚めではあったが、同時に、朝だというのに精液と一緒に体力まで絞られてしまったような気分だ。

「今日の予定はありますか？」

休日ということで、そう尋ねてくるアリアド。

「いや、ないよ」

ガニアンはぼんやりとしながら、そう応えた。

お目覚めフェラは思った以上に気持ち良く、またしてもらいたいくらいだ。

ただ、予定があるときは駄目だな、とも思った。射精直後ということもあり、ここから起きて何かをしようという気が起こらない。このままだらだらしていたい感じだ。

「それなら、ガニアンさん……」

そう言ってアリアドは身を起こすと、自らのスカートをたくし上げた。

すこし恥ずかしそうに、パンツを見せてくるアリアド。

その姿に、つい視線を奪われてしまう。

彼女の大切な部分を守る、小さく頼りない布。その一部がもうじんわりと濡れて貼りついており、守るべき女の子の割れ目を赤裸々に見せてしまっていた。

下着越しでもはっきりとわかる、濡れたおまんこ。

そんなものを見せられては、ガニアンの欲望もまたふつふつと湧き上がってしまう。

「このまま、私とシませんか？　ガニアンさんの朝勃ちおちんぽをしゃぶらせていただいて、こんなふうになってしまいました」

「ああ……そうだな」

ガニアンは身を起こすと、スカートをたくし上げているアリアドの前にかがみ込み、可愛らしい下着を脱がせていく。

「もうすっかり濡れてるな。ほら、クロッチのところ、いやらしい糸を引いている」

「あぁ……♥　そんなに間近で、んっ……」

恥ずかしがるアリアドが愛らしくて、ガニアンは彼女をベッドへと押し倒す。

「あんっ♥」

期待に満ちた目で、ガニアンを見つめる彼女。

そしてそのまま、ガニアンは彼女に覆い被さるのだった。

そんなふうにはじまる、エロエロでいちゃいちゃな一日を、ガニアンは楽しんでいくのだった。

# エピローグ　ハーレムギルドの日常

時間が流れても魔石魔道具の躍進は止まらず、むしろ普及していくことでさらに勢いを増していくのだった。

その第一線にいるラフィリア・スタンダードも、その名をとどろかせて魔石魔道具界の象徴といえるほどになっていた。魔石混合技術によってコストが抑えられることもあり、幅広い層に人気のギルドとなっているのだ。

魔石魔道具販売としても大きな成果を上げ、存在感を増しているが、当然、魔石生成の特許による収入もある。

こちらも、魔石魔道具がどんどん広がって普及していくことで、さらなる利益を生み出しているのだった。母体が小さならラフィリア・スタンダードだが、様々なギルドと提携し、グループとしては大きなものとなっていた。

金級ギルドに昇格、という話も来ているくらいだ。

そんなふうにすべてが上手くいっているガニアンたち。

彼自身も、かつてソジエンライツにいた頃の冷遇とは違い、のびのびと働き、思いつけば好きなように研究も可能という、恵まれた環境に満足していた。

そのソジエンライツのほうは、信頼を損ねて立て続けにメンバーを失ったことや、競合ギルドを追い出すために一時的な価格破壊を行ったことによる損害で、雲行きが怪しくなっていた。

価格破壊が計画半ばで終わったことで損害の補填が行えない上、値上げ以降は、一時の安さに群がっていた人々も引いていき——。

かつては魔石魔道具といえば、というくらいの金級ギルドだったものの、今ではすっかりと影が薄くなっていた。まあ、今のガニアンにとっては、それも関係のないことだ。

すべてはガニアンがクビになったあとのことで、直接現場を目にしてきたわけでもない。

かつていた場所の凋落に思うことがないと言えば嘘になるが、今の生活に目を向けるほうが大切だろう。

と、昼間はそんなふうに真面目に過ごしているガニアンだったが、夜となると話は別だ。

彼の元には三人の美女たちが代わる代わる、ときには一緒に訪れるのだった。

この日は、アリアド、シューラ、ラフィーと三人そろって、ガニアンの家を訪れていた。

「今日はあたしたち三人で、いっぱいガニアンを気持ち良くしてあげるわね♪」

「先輩のこと、たくさん絞っちゃいます♥」

「ガニアンさん、どんどん逞しくなってますものね」

三人と夜の生活を続けるウチに、ガニアンも鍛えられたのか、精力が増しているのだった。

そういう彼女たちもどんどんとスケベになり、ガニアンとしては願ったり叶ったりのハーレム生活だった。

そんなわけで今夜も、三人の美女に迫られるのだった。

「さ、ガニアンさん、お洋服を脱がせますね」

「ほらほら、早く♪」

「わたしも、えいっ♪」

彼女たち三人に囲まれ、服を脱がされていく。

そして彼女たちも服をはだけさせ、魅力的な肢体を露にしていった。

「ん、ほら、ぎゅー♪」

たゆんっとおっぱいを揺らしながら近づいてきたラフィーが、ガニアンに抱きついた。

そのたわわな胸がむにゅんっと当たり、気持ちがいい。

「先輩、こっちからも、ぎゅー♪」

そして反対側からシューラが抱きついてくる。

こちらも柔らかなおっぱいを押し当てるかたちになり、ガニアンは心地よさを感じた。

「ガニアンさん、れろっ♥」

「うぁ……」

左右からのおっぱいに意識が向いていると、今度はアリアドが肉竿へと舌を伸してくる。

「れろっ、ちろっ……」

いきなりなその気持ち良さに、ガニアンの意識が向いてしまう。

すると左右のふたりも、身体をずらして股間へと近づいてくるのだった。

「それじゃ、あたしも、ぺろっ……」

「わたしも舐めますね、先輩、れろっ」

「おぉ……」

三人の美女が股間に顔を寄せ、肉竿へ舌を伸してくる。

その豪華さと気持ち良さに、ガニアンは浸っていった。

「れろっ、ちろっ……」

「んっ、ぺろっ」

「れろろっ、ちろっ」

彼女たち三人は、それぞれに舌を動かしてきた。

美女たちが顔を寄せ合う姿も、すごくいい光景だ。

「ちろっ、ん、おちんちん、大きくなってきましたね♥」

「本当、こんなに膨らんで……」

「逞しいおちんぽ♥ れろっ、ぺろっ」

三人に舐められ、肉竿が勃起する。彼女たちは顔をずらして、肉竿のあちこちを咥えていた。

「れろっ、ちろっ」

「ぺろろっ……ん、こうして先っぽのほうを、ぺろぉっ♥」

「わたしは根元を、れろっ、ちろっ……」

「三人とも……」

あちこちを舐められ、肉竿がすぐに唾液まみれになっていく。

美女たちの体液で、ぬらぬらと光る肉棒。

そんなオスの象徴に、三人の顔が寄せられている光景は、とてもエロい。

「れろっ……ちろっ、んっ、幹を、唇で、んむっ……」

「ぺろろろっ……先っぽを咥えて、んむっ♥」

「あむっ、ちろっ……」

「おちんぽ、すっごくえっちです♥」

「れろっ、んっ、ちゅぽぽっ♥」

「三人がかりで舐められるの、気持ちいいですか？」

「ああ、すごくいいな……」

ガニアンが答えると、三人はさらにフェラを続けていく。

「んむっ、ちろっ、れろっ……ラフィー様、先っぽから、もう少し大きく動いてください」

「ん、わかったわ……ちゅぱっ、んむっ、ちゅぽっ！」

アリアドが少し離れて言うと、ラフィーがうなずいて肉竿を大きく咥えこみながらグラインドしてくる。

「んむっ……ちゅぼっ、ちゅぱっ……♥」

三人だとさすがに動きにくかったのだろう。アリアドがスペースをあけたことで、ラフィーが肉棒を咥えこみながら動けるようになる。

「ちゅぽっ……ん、ちゅぽっ……」

「わたしも、ん、んむっ……」

そして根元のあたりを咥えていたシュ一ラも、ハーモニカのように横向きで肉竿をしごきあげた。

彼女たちの唇にしごかれ、より射精欲を刺激する快感が伝わってきた。

「ちゅぱっ……くぽっ、ん、ちゅぷっ……」

「れろっ、じゅるっ……ちゅぱっ」

先端と根元をそれぞれにしごかれ、気持ち良さが増していく。

「ガニアンさん、れろっ……」

「おぅっ……」

「ふふっ♥ ガニアンさんの精子がつまった子種袋を、れろぉっ♥」

ひとり離れたアリアドは、陰嚢のほうへと舌を伸してきたのだった。

「ぺろっ、ん、ずっしりとしたタマタマですね……♥ このなかに、ぺろっ……ガニアンさんの精子、たくさんつまってますね♪」

そう言いながら、舌で睾丸を持ち上げるように刺激してくる。

肉棒への直接的なものとは違う、少しくすぐったいような刺激だ。

「れろっ、ちろっ……」

それ単体では淡い刺激だが、ふたりにチンポを舐められている状態だと、その気持ち良さも拡大していく。

「れろっ……ずっしり重いタマタマ、今も元気な精子、いっぱいつくってるんですよね♥　がんばれ♪　今日もたくさん、出してね。ちゅっ♥」

そう言ってキスをしてくるアリアド。

そうやって慰撫されると、本当に睾丸が活性化していくようだった。

「あむっ、じゅるっ……ガニアン、れろっ、我慢汁が出てきてるわね♥　ほら、れろぉっ、ちゅぱっ、ちゅぅっ！」

肉竿に吸いついてくるラフィー。

「あむっ、じゅぷっ……」

根元を刺激してくるシューラ。

「れろっ、ころっ、ちろっ……♥」

そしてアリアドが陰嚢を刺激して、下半身の快感がどんどんと膨らんでいく。

「れろろっ、ちろっ、ちゅぱっ……♥」

「ん、ちろろっ、れろぉっ♥」

「れろろっ、ちゅぷっ♥」

「う、そろそろ……」

三人の美女が顔を寄せ合い、性器全体を愛撫してくる。

その気持ち良さに、ガニアンは限界を迎えつつあった。

「いいわよ。んむっ、ちゅぅぅっ♥　このまま出して♪」

「んむっ、ちゅぱっ、ちろっ……」

「タマタマもずっしり重いですし、一度や二度では尽きなそうですものね♥　れろぉっ♥」

「ああ……もちろん！」

ハーレム状態での愛撫に高まっていく。

「先輩、もう出そうなんですね。じゅぱっ、ちろっ……」

「タマタマも、ぐぐって上にあがってますね。れろぉっ♥」

「それじゃ、吸い込むわよ……じゅぶっ、ちろっ、ちゅぅっ……！　れろろろっ、じゅぶっ、じゅるるるるっ！」

「いくぞ……くぅ！」

ラフィーのバキュームに後押しされるように、ガニアンは射精した。

「んむっ……んん」

勢いよく飛び出した精液が、ラフィーの口内に放たれていく。

「んむっ、じゅるっ、んくっ……ごっくん♪」

代表して射精を受け止め、しっかりと飲み込んだラフィーが、肉竿から口を離した。

「すっごい濃い精液……ドキドキしちゃう……♥」

美女三人のフェラで射精したガニアンは、幸せな倦怠感に浸っていた。

けれど、彼女たちは間をあけずに潤んだ顔で迫るのだった。

「ね、ガニアン、まだまだ元気よね？」

「先輩のおちんぽ、こんなに逞しいですし」

「次は私たちのおまんこで、いっぱい気持ち良くなってください♪」

そう言うと彼女たちは、ベッドの上で四つん這いになるのだった。

そしてぷりんっと丸みを帯びたお尻が、三つ並ぶ。

その光景は圧巻だった。

ガニアンも思わず見とれてしまう。

三人の美女が四つん這いになり、うるみを帯びたおまんこをさらけ出していた。

「ガニアンさん、ん、はぁ……♥」

アリアドが自らの指で、くぱぁと割れ目を広げながらアピールした。

「あたしも、ん、ガニアン、きて……♥」

ラフィーはふりふりと左右にお尻を振って誘ってくる。

「せんぱい……♥　先輩のおちんぽ、わたしの中にください……♥」

そしてシューラは大胆にも両手でお尻をつかみ、その陰部を広げて見せた。

三人から求められる状況に、ガニアンの興奮は増していくのだった。

彼女たちのエロい誘いに乗り、ガニアンはさっそく彼女たちに近づいていく。

そしてまずは、一番ドスケベな誘い方をしている、シューラの腰をつかんだ。

「せんぱい、んぁっ♥」

そして、はしたないほど開かれているその膣道に肉棒を挿入した。

「んはぁっ……！　太いの、わたしの中に、んぁっ♥」

挿入すると、彼女はお尻から手を離し、自分の身体を支えるようにベッドに手をついた。

ガニアンはそんな彼女の腰をつかんだまま、前後に往復していく。

「ん、ああっ。先輩のおちんぽが、あぁ♥」

ゆっくりと抽送を行うと、蠕動する膣襞が絡みついてくる。

ガニアンはそのままピストンを行っていった。

「あぁっ、ん、はぁっ……」

「シューラってば、気持ち良さそうな顔してるわね」

「んぁ、あぅ、はぁっ……」

横のラフィーがシューラのほうを見ながらそう言った。

「あぁ、そんなふうに言われると、んぁっ、ああっ……♥」

見られている状態にさらに興奮したらしく、シューラの膣内がきゅっと締まる。

「おぉ……」

その刺激にガニアンは思わず声を漏らした。

「んはぁっ、あっ、ん、ふぅっ……」

うねる膣襞が、肉竿を締めあげながら収縮する。

その快感にガニアンの腰遣いが勢いを増す。

「んはあっ♥　あっ♥　先輩、そんなに、んぁ、わたしのおまんこ、ガンガン突かれたらぁっ♥　あっ、んはぁっ！」

シューラは快感に嬌声をあげて身もだえる。

それに合わせて、絡みついてくる膣襞。

ガニアンは昂ぶりのままピストンを行った。

「んぁ、ああっ、もう、ん、はぁっ♥　わたし、あぁっ！　イクッ！　んぁ、ああっ！　イっちゃいますっ！」

乱れるシューラのおまんこを、かき回していく。

「あぁっ、ん、はぁっ♥　ああっ、もう、イクッ！　んぁ、ああっ、せんぱいのおちんぽ♥　気持ちよすぎて、んあっ！」

快楽に浸っていくシューラの姿は艶めかしく、ガニアンの欲望を刺激していった。

「んはぁっ！　ああっ、もう、んぁ、せんぱいっ……！　あぅっ、イクッ、イクイクッ！　んくぅぅぅぅ♥」

そしてびくんと身体を跳ねさせながら、シューラが絶頂した。

「んはぁ、ああっ……♥」

その絶頂おまんこを数度往復すると、ガニアンは肉棒を引き抜いた。

「ガニアンさん」

するとすかさず、アリアドが身を寄せて、ガニアンをベッドへと押し倒してくる。

「ガチガチのおちんぽ……♥　私のおまんこで搾り取ってあげます♪」

抵抗する間もなく、上に跨がってくるのだった。

「ん、ガニアンさん、いきますね……」

そして肉竿をつかむと、自らの膣口へと誘導していった。

「あふっ、ん、あぁ……♥」

そのまま腰を下ろすと、彼女は肉棒を受け入れていく。

アリアドの熱くうねる膣内に、肉棒が包み込まれる。

「あふっ、ん、あぁ……♥」

そしてゆっくりと腰を動かし始めるアリアド。蠕動する膣襞が肉棒をしごきあげていく。

「あぁっ♥　ん、はぁっ……私の中、ん、敏感になっていて、あぁ……♥」

耐えきれない、と襲ってきたアリアドはすでにかなり快感に流されているようで、その腰遣いもエロく素早くなっていった。

「あふっ、ん、はぁっ♥　ああっ……ガニアンさん、んあぁ、あうっ！」

腰を振るのに合わせて、爆乳が柔らかそうに弾む。

ガニアンはそのエロい光景を、興奮の中で見あげているのだった。

「あぁっ♥　ん、はあっ！」

アリアドは昂ぶりにあわせて、懸命に腰を振っていく。

「あふっ、ん、はぁっ♥　ああっ！」

ガニアンの上で思うままに乱れる美女。

その腰使いにが激しくなるにつれて、爆乳も弾み、いやらしく揺れていく。

「あぁっ♥　ん、はぁっ……！」

そのドスケベな姿と、うねる膣襞にガニアンの射精欲も増していった。

「アリアド、うぁ……もう」

「んぁっ、あぁあっ……♥　ガニアンさんのおちんぽ♥　私の中を、んぅっ、ズンズン突きながら、膨らんでますねっ……♥」

「ああ……そうだよ。こんなにされたらっ」

蠕動する膣襞にしごきあげられて、肉棒が限界を迎えつつある。

「あぁっ♥　ん。はぁっ、ガニアンさん、んぁ、ああっ♥」

アリアドが嬌声を上げながら、ラストスパートをかけてくる。

ガニアンの上で激しく腰を振る彼女。それを見上げながら、腰を突き上げていった。

「んくぅっ！　あっ♥　もう、イクッ！　あぁっ、ガニアンさん、あうっ、んはぁっ、あっ、んはあぁぁぁっ♥」

「うぁ……！」

アリアドが絶頂したのに合わせて、ガニアンも射精した。

「んはぁぁっ♥　あぁっ、私の中に、んぁ、ガニアンさんの熱いのが、んぅっ……」

ほとばしりを受けて、アリアドが気持ち良さそうな声を漏らしていく。

「あふっ……んあぁ……」

そして快楽の余韻に浸りながら、色っぽい吐息を漏らすアリアド。

ガニアンは身を超すと、そんな彼女をベッドへと寝かせた。

「ラフィー」

そして待たせていたラフィーを呼び寄せると、彼女をベッドへ押し倒す。

「ん、ガニアン、あぅっ……」

ラフィーのおまんこは、肉棒を待ちわびて濡れていた。そのヒクつくおまんこに肉棒をあてがうと、くちゅりといやらしい音をさせながら、肉竿をたやすく咥えこんでいく。

「あふっ、ん、はぁ……」

きゅっと吸いついてくる膣襞。

挿入はすんなりだったが、やはりいちばんキツさを感じる膣内だ。肉棒の侵入に震えるラフィーを眺め、ガニアンの興奮もまた高まっていく。

こうして美女三人に求められる幸せを感じながら、腰を動かしていった。

「あふっ、ん、あぁっ……太いのが、あたしの中で、ん、はぁっ……♥」

「ラフィー、くっ……相変わらずすごい締めつけだな」

「あふっ、ん、あぁっ♥ おまんこの中、押し広げられてるもん、んぅっ♥」

蠕動する膣襞を、最初からハイペースで擦りあげていく。

「んはぁっ♥ あ、あたし、あんっ♥ ん、そんなに、勢いよくおまんこかき回されたらあたし、ん、はぁっ！」

ラフィーは強い突き込みに、嬌声をあげて感じていく。

「あふっ、んぁ、そんなにされたら、あっ♥　すぐにでもイっちゃうっ……♥　あっあっ♥　ん、はあっ！」

「ああ、いいぞ……！」

ガニアンはそう言って、激しく腰を振り続けていく。

「ああっ♥　すごいのぉっ♥　あっ、おちんぽ♥　あたしの中を、んぁ、ああっ！　いっぱい、いっぱい突いて、んぁっ！」

ラフィーは激しく喘ぎながら、突き込みにあわせて身体を揺らしていく。

その姿はかわいくもエロく、ガニアンの興奮をあおっていくのだった。

「んはぁっ♥　あっ、ん、くぅっ、ガニアン、んぁっ、あたし、んぁ、イクッ！　あぁっ、ん、はあっ、んあぁぁっ♥」

「くっ、そんなに締めつけられると……」

狭い膣道にしごきあげられて、ガニアンも遠慮なく気持ち良くなっていった。

昂ぶりにあわせて腰を打ちつけ、おまんこをかき回していく。

「んはぁっ♥　あっ、ああっ！　んあぁっ、あうっ！」

よいところに当たったのか、急にラフィーが限界を迎える。

「あぁ、もう、んぁ、だめぇっ♥　イクッ！　あっあっ♥　イクイクッ！　んぁ、ああっ、イックウウゥウゥウッ！」

「うぁ……！」

ラフィーが震えるような嬌声をあげながら絶頂した。膣襞が蠢動して肉棒を締めあげる。

ガニアンもまた、次なる吐精欲求が増していた。

「んはぁっ♥　あっ、ああっ！」

昂ぶりのままピストンを行うと、ラフィーがさらに嬌声をあげていく。

「んはぁっ♥　おまんこ、だめ……いまそんなに突かれたらぁっ♥　あぁ、イキながら……イっちゃうっ♥　んはっ、ああっ！　おかしくなる！」

ガニアンは上ってくる精液を感じながら、彼女の奥へと肉棒を突き入れた。

「んはぁぁっ！」

どびゅっ、びゅくくっ、びゅるるるるっ！

そしてそのまま、お嬢様への中出しを決める。

「んくぅぅぅっ♥　あっ、んはぁっ！」

膣内射精を受けて、ラフィーもまたイったようだ。喘ぎながら、膣襞を締めていく彼女。

「うっ……いいぞ、そうだ！」

搾り取ろうとする膣内に、しっかりと精液を吐き出していくのだった。

「んぅっ……あぁ……♥」

そして精液を出し切ると、力尽きてラフィーの隣へと倒れ込む。

三人と連続してするのはとても満たされたが、体力もかなり消耗してしまう。

「先輩♥」

「ガニアンさん♪」

そんな彼の元に、待っていたふたりが近寄って軽く抱きついてくるのだった。

むにゅりと柔らかなおっぱいを当てられ、気持ちがいい。

「ぎゅー♪」

行為後の少し火照った身体を当てられ、美女に包まれるようにしながら、ガニアンは寝そべっていた。

こんな幸福、昔では考えられなかったものだ。

ギルドも上手くいっており、夜はこうして美女たちに求められるハーレム生活。

「ね、明日はお休みだし、ぐっすり寝たらまたいっぱいしましょうね」

「先輩のここも、起きたらまた元気になりますもんね♥」

「あたしだって、ん、ぎゅー♪」

ラフィーも抱きついてきて、柔らかな女体に全身を覆われる。

その幸せを感じながら、ガニアンはひとまずの眠りについていくのだった。

# あとがき

みなさま、こんにちは。もしくははじめまして。赤川ミカミです。

嬉しいことに、今回もパラダイム様から本を出していただけることになりました。

これもみなさまの応援あってのことです。本当にありがとうございます。

さて、今作は大手ギルドで冷遇され、クビになってしまった主人公が、ヒロインと出会いギルドを立ち上げて成功し、ハーレムを作る話です。


本作のヒロインは三人。

勢いあるお嬢様である、ラフィー。

家の方針で、自らギルドを立ち上げることになった彼女。かつて自分を救ってくれた魔道具を開発した主人公を、そのギルドへと誘います。

元気で一見すると猪突猛進型の彼女ですが、仕事では意外と冷静で、主人公の発明を上手く世に送り出していきます。

また、自分の人生を変えてくれた主人公に好意を抱いているものの、恥ずかしさなどから最初は仲間としてだけ接してしまう一面もあります。

次に、ギルドの事務員である、アリアド。

きれいで落ち着いたお姉さん、といった雰囲気の彼女は、ギルドの事務全般だけでなく、生活の面倒までみてくれます。

甘やかし癖のある彼女は、次第に夜のお世話までしてくれるようになります。

最後は大手ギルド時代の後輩だった、シューラ。

新人時代に教育担当として接して以来、主人公を慕っています。

部署移動後は商品開発の若手エースとして活躍していた彼女ですが、主人公を追って移籍してきます。

そんなヒロイン三人との、いちゃらぶハーレムをお楽しみいただけると幸いです。


それでは、最後に謝辞を。

今作もお付き合いいただいた担当様。いつもありがとうございます。またこうして本を出していただけて、本当に嬉しく思います。

そして拙作のイラストを担当していただいたKaeruNoAshi様。本作のヒロインたちを大変魅力的に描いていただき、ありがとうございます。特に三人に求められるイラストの、むちっとしたお尻が素敵です！

最後にこの作品を読んでくれた方々。過去作から追いかけてくれた方、今回初めて出会った方……ありがとうございます！

これからも頑張っていきますので、応援よろしくお願いします。

それではまた次回作で！

二〇二一年七月　赤川ミカミ

キングノベルス

# 魔術ギルドを解雇されたけど、新魔法の権利独占しているから無敵です

2021年 8月27日 初版第1刷 発行

■著　　者　赤川ミカミ
■イラスト　KaeruNoAshi

発行人：久保田裕
発行元：株式会社パラダイム
〒166-0004
東京都杉並区阿佐谷南1-36-4
三幸ビル4A
TEL 03-5306-6921
印刷所：中央精版印刷株式会社


KN094

ドスケベな
ーレムライフなんて
最高かよ!
引退した転生勇者のまったり食堂ライフ!
毎日欲しくなっちゃって!
私たち、恋人関係
シェアしちゃいます♥
愛内なの
illust:KaeruNoAshi
勇者として転生し、魔神を封印することに成功したエド。余生はゆっくりしようと決めて料理人になり、王都でお姫様の庇護の元、冒険の相棒だった聖女と暮らしている。店は繁盛しているし、姫と聖女のハーレム状態なのだけど!?
MENU